C.A. PRESS

VOLVER A MORIR

Rosana Ubanell (Pamplona, España) es licenciada en Periodismo por la Universidad de Navarra y posee un MBA en Transacciones Internacionales por la Universidad George Mason de Virginia (EE.UU.). Ha trabajado durante muchos años en Bruselas y Washington como corresponsal de varios medios en español y en la actualidad reside en Miami, donde es subdirectora de la revista *Nexos*, de la compañía American Airlines.

VOLVER
A
MORIR

Rosana Ubanell

PRESS

C.A. PRESS

Penguin Group (USA)

C. A. PRESS
Published by the Penguin Group
Penguin Group (USA) Inc., 375 Hudson Street, New York, New York 10014, U.S.A.
Penguin Group (Canada), 90 Eglinton Avenue East, Suite 700, Toronto,
Ontario, Canada M4P 2Y3 (a division of Pearson Penguin Canada Inc.)
Penguin Books Ltd, 80 Strand, London WC2R 0RL, England
Penguin Ireland, 25 St Stephen's Green, Dublin 2, Ireland
(a division of Penguin Books Ltd)
Penguin Group (Australia), 250 Camberwell Road, Camberwell,
Victoria 3124, Australia (a division of Pearson Australia Group Pty Ltd)
Penguin Books India Pvt Ltd, 11 Community Centre,
Panchsheel Park, New Delhi – 110 017, India
Penguin Group (NZ), 67 Apollo Drive, Rosedale, Auckland 0632,
New Zealand (a division of Pearson New Zealand Ltd)
Penguin Books (South Africa) (Pty) Ltd, 24 Sturdee Avenue,
Rosebank, Johannesburg 2196, South Africa

Penguin Books Ltd, Registered Offices:
80 Strand, London WC2R 0RL, England

First published by C. A. Press, a member of Penguin Group (USA) Inc. 2011

1   3   5   7   9   10   8   6   4   2

ISBN 978-0-9831390-6-5

Printed in the United States of America

*A Emilio, marido, cómplice y padre de mis
tres hijos, Gonzalo, Laura y Eduardo.*

*Y a todos los amigos que también creyeron en mí:
Carlos, Stefano, Cecilia, Gregori, Ella, Alfonso, Andrés,
María Elena, Mario, Tatiana y Erik, entre otros muchos.*

La gente que consideramos normal es la más rara de encontrar.

—Johnny Depp, actor.

VOLVER
A
MORIR

1

Un día de perros

Regresaba del gimnasio sudoroso y reconfortado tras una buena pelea de boxeo. Le gustaba ducharse en casa después del ejercicio. Resultaba mucho más cómodo que hacerlo en los vestuarios. Y luego cenar con su esposa. A veces hasta tenía suerte y, si ella llegaba de su práctica a la vez que él, se duchaban juntos. Claro que entonces la cena se retrasaba un tanto, pero no importaba. Era el mejor momento del día. Los dos a solas relatándose como les fue en la jornada. Cada cual con sus cuentos, los de animales de él y los de locos de ella. Se reían a más no poder.

En este trayecto, que religiosamente realizaba lunes, miércoles y viernes si no surgía alguna emergencia que rompiese su rutina, invariablemente escuchaba la emisora 93.1 FM.

Manejando en los espectaculares y rojizos anocheceres de Miami, le probaban las canciones romanticonas de la estación. Le recordaban su juventud, los buenos tiempos que duraron bien poco.

Siempre llevaba las ventanillas abiertas para sentir la suave brisa en la cara, el olor del pasto recién cortado en las fosas nasales y el canto de los pájaros en el cerebro. Tras agotarse en el cuadrilátero, este recorrido constituía un placer para los cinco sentidos, sobre todo por la anticipación de la compañía de su esposa.

Al acercarse al puente sobre el canal del Alhambra Circle, donde la calle se curva y se estrecha, redujo la velocidad como siempre hacía. Lo enfiló y tuvo que pegar un volantazo para evitar atropellar a un perro que se le cruzó de por medio.

Consiguió enderezar antes de chocar contra el pretil y salió con bien del puente. Un milímetro más y hubiese caído al agua. Temblando, aparcó en un lateral, mientras la Easy 93.1 radiaba *I'll Never Love This Way Again*, una de sus baladas favoritas. La penetrante voz de Dionne Warwick se mezclaba ahora con un manso gemido procedente del puente.

"¡Dios mío, lo he atropellado!".

Tras buscar la linterna, salió del auto, caminó hacia el puente y localizó al perro. Lo agarró a toda prisa y lo apartó hasta el lateral. Lo examinó y comprobó que tenía la pata trasera izquierda fracturada.

No llevaba collar ni chapa de identificación. Estaba realmente sucio, seguramente un perro callejero o abandonado.

Lo transportó hasta el carro, lo acomodó en el asiento trasero y se dirigió hacia su clínica veterinaria, mientras avisaba a su esposa de que llegaría tarde a cenar.

—¿Estás bien, cariño?—le preguntó alarmada.

—Sí, cielo, no te preocupes. Ha sido más el susto que otra cosa. Le estabilizo la pata, le doy un calmante y lo dejo en la clínica hasta mañana. Estaré ahí en un par de horas.

Sintió las manos húmedas al volante. Pensando que era el sudor del miedo, se las secó en el pantalón. Unos manchones rojizos le indicaron que era sangre. No se había percatado en una primera ojeada. Si sangraba, era posible que el perro tuviera algo más que una pata rota. Le haría una radiografía también.

"Pobrecito. Es un *border collie* como mi Elba. ¿Quién tiene tan mal corazón como para abandonar a un perro, el animal más fiel de la creación?".

Entró en la clínica, cerrada a estas horas tan tardías, y lo posó con gran delicadeza encima de una de las mesas de examen. Se dirigió primero a lavarse y desinfectarse las manos. Notó un leve dolor al restregárselas. Vio que tenía varias espinas clavadas en los dedos y que posiblemente la sangre era suya. Con la adrenalina del susto ni se había dado cuenta. El pobre bicho seguro que estaba lleno de estas puntas de cardo silvestre por todos lados. Agarró unas pinzas y se las sacó, desinfectándose bien tras la operación.

—Hola, Marín—le dijo al perro, entrando en la salita.

Ya lo había bautizado con este diminutivo de "marinero", porque casi le hace "navegar" con auto y todo. Su teoría era que, por muy desposeído que sea, un animal debe tener al menos un nombre. Cuando los recibía, siempre los bautizaba antes de mandarlos para la perrera o para algún hogar de acogida.

A su perrita Elba la adoptó en uno de estos hogares que atendía gratuitamente. Una belleza, buenísima y obediente donde las haya. Los pastores alemanes que tuvo antes, Walter y Hugo, procedían del mismo lugar. Un tanto más rebeldes y golfos, pero entonces estaba soltero. Hugo no duró ni una semana tras la muerte de Walter.

Examinó cuidadosamente a Marín y comprobó que, efectivamente, solamente tenía la pata rota. No estaba sangrando. Se la estabilizó, le dio un calmante para el dolor, que lo dejó un tanto somnoliento, y comenzó a limpiarle las púas con las pinzas.

—Tienes suerte de tener tanto pelo, chico —le dijo al perro en voz alta—. Las púas solo están enmarañadas; a mí me las clavaste en la piel.

A mitad de la operación comenzó a sentirse un poco mareado y con el estómago revuelto. Seguramente necesitaba comer algo. No había probado bocado desde las 12 del mediodía y, tras la sesión de boxeo, su cuerpo necesitaba proteína.

Terminó la tarea de las espinas, metió a Marín en una de sus jaulas y se dirigió hacía su despacho donde guardaba unas cuantas barras de proteínas para casos de este tipo. A veces le surgían urgencias de última hora y, si no comía algo, se sentía mal. Se acomodó en la silla de su escritorio mientras abría una y la masticaba con parsimonia.

Estaba satisfecho consigo mismo. Le hubiese gustado practicar medicina, pero al final pensó que la veterinaria era mas segura. Nunca se arrepintió. Se sentía orgulloso de su labor y de todo lo que había conseguido en la vida. Renunció a algunos proyectos importantes en los que le hubiese gustado ahondar, pero en determinadas encrucijadas del camino hay que resolver con contundencia qué dirección tomar.

Se terminó la barra proteínica y se levantó. Volvió a sentir un ligero mareo, ahora acompañado de cierta presión y pesadez en el pecho que irradiaba al hombro, brazo y cuello. Se asustó. Agarrándose a la pared salió de su despacho y, cada vez más falto de aliento, consiguió llegar hasta la sala de cirugía, donde guardaba aspirinas.

Comenzó a transpirar copiosamente y a sentir náuseas. Abrió como pudo el armario de las medicinas y a duras penas destapó el bote de los comprimidos, tomándose uno. Ya no conseguía mantenerse en pie. El dolor era cada vez más agudo y venía en olas, acompañado por palpitaciones. Se tumbó en la mesa de operaciones, dejando caer el bote de aspirinas al suelo. Trató de sacar el celular del bolsillo trasero de su pantalón. Logró de milagro marcar el 911.

—¿Cuál es la emergencia? —se escuchó la voz de la operadora.

La debilidad era cada vez más acuciante y no pudo contestar.

—Nueve once, ¿se encuentra bien? ¿Desde donde llama?

Trató de balbucir al menos su nombre, pero le faltaba el aliento.

—Dígame su localización.

El celular se le escapó de la mano y se estrelló contra el suelo.

La fuerte luz del foco de la sala de operaciones sobre su cabeza le molestaba. Cerró los ojos. Su último pensamiento fue para su querida esposa. Un violento temblor le recorrió el cuerpo y aún pudo sentir un desgarrador aullido procedente de las jaulas.

2

―――――

Misa de difuntos

Cuatro días después, Carmelo de Quesada había recibido en la funeraria el cuerpo de su mejor amigo, un tanto desarreglado tras la autopsia.

"Mira que estos forenses son poco detallistas", pensó.

Ataque coronario masivo.

"Un hombre tan joven y tan fuerte. Quién lo hubiera dicho. No somos nada".

Lo recompuso con mimo y lucía espléndido en el funeral al que ahora asistía, acomodado en primera fila. Lo maquilló, llamó a la peluquera para remozarle el pelo, lo embutió en su mejor terno. Lo dejó que ni piripintado, vamos. Tan lozano que el ataúd pudo mantenerse abierto durante el funeral.

"Qué menos iba a hacer por mi mejor amigo. Pobre Ernesto",

cavilaba Carmelo ensimismado. Casi pega un salto ante la conmoción que se produjo repentinamente a la entrada del templo.

—¡Alto! —se escuchó una atronadora voz procedente de las puertas, súbitamente abiertas de par en par con un gran portazo, que resonó por toda la bóveda.

Al cura, que se encontraba totalmente absorto con la consagración, casi se le cae el cáliz del susto. Pensó primero que era el mismísimo Jesucristo el que le ordenaba suspender la ofrenda.

La concurrida asistencia al servicio miraba patidifusa hacía la entrada, donde se silueteaban las figuras de dos policías, que ahora avanzaban hacia el altar por el pasillo central.

Tras el aturdimiento inicial, Don Teodoro, ya seguro de que no fue el hijo de Dios el que le habló, recobró el aplomo y sacó pecho, utilizando su voz de barítono bien versado en sermones y homilías:

—¡Esto es un sacrilegio! ¡Están ustedes violando la casa de Dios!

A pesar de las expectativas de Don Teodoro, la ira divina no fulminó allí mismo a los impíos, y los policías siguieron su camino haciendo caso omiso del párroco, que aparecía más congestionado por momentos. Normal. Para un ser eterno como Dios, el concepto del tiempo debe ser muy relativo. Seguro que recibirían su condena en algún otro momento.

—¿Quién es el responsable? —preguntó sin ningún respeto uno de los polis, parándose a dos metros del cura.

—Yo —contestó Don Teodoro que, de no haber llevado faldas, se hubiese bajado del altar para encararse con semejante mastuerzo.

—Me refiero al pariente más cercano al difunto.

Tras unos segundos de confusión, el cura señaló a una señora acomodada en el primer banco. El agente se le acercó y le entregó un papel, quedándose plantado delante, mientras ella lo leía.

—Don Teodoro, ¿le importaría que pasásemos un momentito a la sacristía con estos oficiales? —comentó la mujer tras leer el papel, que ahora apretaba tan fuerte en la mano que los nudillos le blanqueaban.

—Por supuesto, Señora.

Tras unos cinco minutos de silencio sepulcral en la iglesia, la señora salió de la sacristía y se acomodó de nuevo en su lugar. Los policías caminaron hasta la puerta donde se quedaron de guardia. Don Teodoro regresó al altar, desde donde realizó el siguiente anuncio, antes de proseguir con la misa de difuntos:

—Les ruego perdonen esta intromisión en suelo sagrado. Terminaremos el oficio, pero queda suspendida la consiguiente conducción al cementerio.

Un murmullo de sorpresa y desaprobación generalizado recorrió la capilla.

—Solicito que, por respeto al dolor de la señora Rocamador y al difunto, se abstengan de hacer comentarios, preguntas y especulaciones. Vamos a terminar la ceremonia, desalojen el templo en silencio y en orden, sin dar el pésame habitual. Les ruego que esperen a otro momento para despejar sus dudas. La muerte es una cosa muy seria y no debe perturbarla la mano del hombre —afirmó muy circunspecto, dirigiendo una mirada incendiaria a los dos maderos, que no se dieron por aludidos.

Sin más palabrería, el párroco ultimó la consagración, dio de comulgar a los pecadores confesados y concluyó la misa excesivamente rápido para su gusto. Dadas las circunstancias no tenía alternativa.

Con la iglesia vacía, exceptuando los polis que, como el

Can Cerbero guardaban las puertas, Don Teodoro se dirigió a la viuda, Genoveva Rocamador. Ésta, de pie, contemplaba sin derramar una lágrima el cadáver de su esposo, reposando en el féretro abierto que presidía el atrio central, rodeado de profusas coronas de flores.

"Una mujer de gran temple", pensaba el cura. "Lo va a necesitar".

—Señora Rocamador, a veces Nuestro Señor nos envía estas pruebas para comprobar nuestra disposición.

—Señora Rocamador, ¿se encuentra bien? ¿Desea un vasito de agua?

Genoveva no respondía; parecía como congelada.

—O le puedo ofrecer un vasito de vino, dadas las circunstancias. Tengo uno excelente todavía sin consagrar . . .

Tras varios minutos de inmovilidad, que ya estaban haciendo preocuparse mucho al sacerdote, Genoveva reaccionó.

—No se preocupe, Don Teodoro. ¿Están Carmelo y el furgón fuera?

El cura aceleró hacía la entrada, agarrándose los faldones, mirando despectivamente a los oficiales de la puerta, que no le hicieron ni caso. Comprobó que así era y se lo dejó saber a la señora Rocamador desde la puerta.

—Que entre Carmelo y los empleados para el traslado, por favor. Si fuese usted tan amable de comunicar al resto de los asistentes que queden fuera, que ya hablaré con ellos, se lo agradecería —dijo la viuda.

—No faltaba más —respondió el párroco, feliz ante la nueva oportunidad para arengar al personal, después de haberse quedado sin homilía.

Carmelo, avisado por el cura, regresó a la iglesia y se acercó con gran respeto a Genoveva, esperando sus instrucciones.

—No vamos al cementerio. Regresamos a la funeraria. Allí te explico.

Tras cerrar el ataúd y montarlo en el furgón, junto con los arreglos florales, Carmelo dio las pertinentes instrucciones al chofer.

Sin más, cada cual se montó en su auto y siguieron al furgón hasta su nuevo destino, escoltados por dos uniformados en moto.

Carmelo acomodó a su amigo en la mejor refrigeradora de su funeraria *Jardín de Paz* y firmó, junto a Genoveva, los papeles pertinentes que exigía la ley.

—Genoveva, estoy a tu entera disposición —comentó Carmelo, tras la partida de los agentes.

—Gracias, Carmelo, ya lo sé. Ernesto tendrá que quedarse aquí por un tiempo, dada la situación.

—¿Cuánto?

—Hasta que solucionemos el asunto.

—Te lo preguntaba porque, aunque tenemos muy buenas refrigeradoras, a la vista de las circunstancias, quizás fuese mejor embalsamar. Cuando hay de por medio abogados y jueces, la cosa suele alargarse.

—¿Puedes esperar unos días, hasta que hable con Ricky Hurtado?

—Por supuesto. Ricky es un buen abogado. Seguro que avanzamos rápido. Ernesto estará como en su casa, no te preocupes —concluyó, despidiéndose de Genoveva con dos besos aéreos en las mejillas.

"Qué entereza, la de esta mujer. Con semejante papelón y no se ha despeinado", pensó, mientras la contemplaba montarse en su auto y alejarse.

Se ocupó personalmente de supervisar los detalles para la

estancia de su amigo en las modernas instalaciones. Aunque Ernesto yacía en la mejor cámara frigorífica, como de momento no lo embalsamaría y la cosa podía alargarse, utilizó uno de sus más valiosos secretos: colocó café recién molido en el féretro, ya que tiene gran poder de absorción de aromas y neutralización de malos olores. Cerró y se fue para la casa.

Para Carmelo, la tarde del sábado era sagrada. Si no se le presentaban emergencias, se la pasaba mimando sus orquídeas. Cuando comenzaba a anochecer, se montaba una cenita de bandeja con delicias preparadas por su amigo Diego Otegui, dueño de Tapas Diego. Así, en frente de la pantalla, tamaño cinematográfico, disfrutaba de una de las más de 5.000 películas clásicas que había ido acumulando, muchas de ellas joyas del cine en blanco y negro. *Casablanca, Sunset Boulevard, My Darling Clementine, On the Waterfront, To Kill a Mockingbird, Manhattan, The Best Years of Our Lives* o *The Bicycle Thief* eran sus favoritas de todos los tiempos.

Soltero y sin compromiso, con una salud de hierro y sus buenos ingresos, Carmelo de Quesada se consideraba un hombre afortunado y feliz. Aparte de a sus aficiones, dedicaba el resto de sus esfuerzos a sus clientes. Así los llamaba. Nunca, jamás, los calificaba como cadáveres, muertos, difuntos o cualquier otra valoración que implicase ausencia de vida y posibilidad de descomposición. Si podía, se refería a ellos por sus nombres de pila o apellidos y, en casos extremos, recurría al calificativo de "interfecto". Le parecía un término que sugería transitoriedad, el paso de un mundo a otro, no la desaparición completa del mapa de la vida. No era religioso, pero sí sumamente respetuoso con las cosas de la muerte, a la que nunca mentaba tal cual, calificándola siempre de "tránsito".

Su buen amigo Diego se mofaba de sus "clientes", cuando quedaban los jueves a jugar al mus en su bar.

—Con esa clientela, yo también haría negocio. Nadie abre la boca para quejarse —comentaba Diego, "El Vasco", ex pelorati de cesta punta del Jai Alai de Miami, que abrió un restaurante con los ingresos conseguidos con el sudor de su frente.

Tras muchos años de trajinar mañana tarde y noche, el Vasco decidió jubilarse. Duró dos años mano sobre mano y resolvió volver al sector, esta vez con un bar más modesto, de tapas, en un centro comercial restaurado de la Calle Ocho, donde se ubicaba un supermercado, una lavandería y una gasolinera. Tampoco le quedaba ya mucho capital, solo un escaso remanente de lo que pudo salvar de los diversos divorcios, las pensiones alimenticias para sus cinco vástagos y las putas, a las que era gran aficionado.

—Servicio completo y sin monsergas. Mis tres ex, más caras y mucho menos dispuestas —comentaba.

Tapas Diego tenía sus parroquianos fijos y, aunque no le reportaba grandes beneficios, cubría gastos y le mantenía ocupado.

En realidad, el Vasco era navarro, de Lakuntza para ser exactos, pero, con un océano de por medio, vete a explicar estas sutilezas de gentilicios que se remontan al siglo I de nuestra era.

Vasco o navarro, Diego atendía por el Vasco, tenía pinta de casero, mezclaba todavía algunas palabras del Euskera en sus escuetas frases y componía su parco vocabulario siguiendo las reglas gramaticales de la lengua sabiniana, a pesar de llevar casi cuarenta años fuera de su pueblo.

—Sin pisarlo.

Nunca volvió a donde no se le había perdido nada o, sería mejor decir, donde nada dejó.

—Olor a mierda de vaca.

No muy alto, rechoncho ahora por la falta de ejercicio, pero todavía musculoso y duro de sus años como pelotari, Diego estaba calvo como una bola de billar y recurría a las gafas por corto de vista. Lo que no había cambiado era el carácter: podía caérsele el mundo encima y no movía un músculo. Impertérrito, imperturbable, impasible, con nervios de acero, podía echarse cien faroles al mus sin pestañear, de ahí su gran superioridad en el juego.

Siempre aparecía bien aseado, aunque se preocupaba poco por el atuendo desde que vivía solo. Si no encontraba el cinturón, recurría a lo primero que tuviese a mano para sujetarse los pantalones, muchos de ellos flojos, pocas veces de su talla, como si enganchase cualquiera en la tienda y "pa" casa. Valían cordones de zapatos, cuerdas, alambres flexibles y hasta cables eléctricos. En la época navideña solía ir siempre aderezado con cintas de colores, de las de envolver regalos.

—Todo tiene más de una utilidad.

El calzado también lo elegía a su manera. Chanclas, alpargatas y sandalias, a veces desemparejadas, eran sus favoritos. Nunca se le conocieron calcetines.

—Eso que te ahorras.

La camisa limpia, eso sí, aunque con botones de diversas procedencias, algunos cosidos con hilos de colores desemparejados y otros hábilmente adheridos con pegamento de su marca favorita, Super Glue. El adhesivo es de tal potencia que, como te descuides un segundo en apartar el dedo, se te lleva la piel.

—Lo usan los astronautas en el transbordador espacial cuando se les afloja algo.

Y poco más necesitaba porque, al ser un chicarrón del norte, ni aún en los días frescos del mal llamado "invierno" de Miami recurría al suéter.

—Maricones todos —les decía a los que llegaban abrigados.

Allí se juntaba los jueves el grupo de amigos en animada tertulia, de esas que terminan arreglando el mundo hasta el jueves siguiente.

Carmelo de Quesada acudía todos los jueves como un reloj para su partida de mus. Cuando conoció a Ernesto Rocamador, "Roca", por su común afición al cultivo de orquídeas, lo animó a unirse al grupito y le enseñó a jugar al mus.

Carmelo era de origen manchego, elegante, serio, tieso, duro como su tierra de origen, se creía Caballero de la Orden de Malta y no sé cuantas cosas más. Para completar su imagen de noble hidalgo se había añadido el "de" a su nombre, que era Carmelo Quesada a secas. Todo el mundo lo sabía, pero nadie tocaba nunca el tema, de lo más delicado para el quisquilloso Conde.

—Como su paisano el Quijote ese. Mal viento el de los molinos. También agita la sesera —sentenciaba el Vasco.

A Carmelo le llamaban "El Conde" por los aires de grandeza que rezumaba por todos sus poros y mostraba en la docena de insignias y pins que lucía en la solapa de su americana, siempre impecable, con pañuelo de colores en punta asomando del bolsillo superior. Camisa blanca impoluta con gemelos complementaba el terno azul marino que siempre lucía los jueves. Los pantalones le quedaban un poco amplios al haber adelgazado un tanto en los últimos meses. Los zapatos, negros de vestir, refulgían de tanto embetunado.

— Hacen falta gafas de sol para mirarte a los pies —decía el Vasco con autoridad.

Pelo blanco repeinado, atusado bigotillo y sonrisa heráldica, a sus 60 años aparentaba diez menos. El Conde dejó la Mancha con 18 años para buscar fortuna en las Américas y no le fue tan mal. Puso una funeraria diez años atrás, después de una vida entera dedicada a la venta de parcelas en cementerios para la compañía *La Previsión*, broker de estos "terrenitos" en diversos campos santos de toda la Florida.

—Hay que dejar resueltas estas instancias a la familia. Nosotros les asesoramos profesionalmente y les acompañamos en este proceso tan importante. No hay que dejar estas decisiones tan relevantes para el último minuto. Una pequeña inversión en nuestros terrenitos y se queda uno con la conciencia tranquila y el futuro asegurado. Además, cada terrenito cuenta con tres niveles de ocupación y en cada uno se puede colocar un ataúd, tres urnas de restos o seis urnas cinerarias —era el rollo de marketing que soltaba el Conde a sus potenciales clientes y a quien se terciase con gran aplomo y mayor éxito.

—¿Y con esa pinta, como anda sin dama? —le preguntó discretamente Ernesto al Vasco cuando se unió al grupo de mus años atrás.

—Que se despeina —aclaró el Vasco.

El Conde y Ernesto Rocamador "Roca" coincidieron en una Feria de Orquídeas en los Jardines Botánicos de Fairchild, en Coral Gables, barrio donde residían los dos. Esta afición común los llevó a trabar una buena amistad y a la larga a desarrollar negocios complementarios. El Conde amplió su funeraria añadiendo servicios de exequias para mascotas y animales, comprando un terrenito en las afueras de Miami. Lo convirtió en un bello cementerio para esos perros y gatos tan queridos por las personas que no tienen quien les diga un "por ahí te pudras". A falta de palabras, bueno es un ladrido.

Roca era uno de sus mejores clientes ya que, además de su clínica veterinaria Reino Animal, era veterinario asociado del Zoo, el Acuario y el Parque Exótico Jungle Island de Miami. Por cada referido, el Conde le pagaba una comisión. El negocio iba viento en popa y el cementerio de mascotas estaba a rebosar. Hasta un hipopótamo tuvieron que enterrar una vez. Aquello si que fue digno de verse.

El Conde recordaba con cariño a Roca, mientras manejaba hacía sus amadas orquídeas que le esperaban, amorosas, en el jardín. Rememoraba sus partidas de mus de los jueves en Tapas Diego, donde se comía el mejor jamón serrano de toda la Florida, que el Vasco conseguía bajo manga sin que nadie supiera nunca cómo.

—¿Te gusta?, pues jálatelo y cierra la mui—respondía Diego, cuando alguien le preguntaba de dónde lo sacaba.

Cuando Roca y él comentaban algo sobre las preocupaciones de los dueños con sus perros y gatos, los mimos que les procuraban, el cariño que les tenían, el Vasco siempre contestaba lo mismo.

—A trabajar los pondría yo a todos. Si tuviesen que ganarse el pan con la azada, no tendrían tiempo de hostias.

—Morrosko, tú me dejas sin clientela en un santiamén —contestaba él, mientras mostraba orgulloso sus cartas de mus —. Dos reyes, un caballo y una sota.

—Te jodiste, alpiste —soltaba Diego, descubriendo dos caballos y dos reyes.

Roca, pareja en el juego del Conde, contemplaba con ojos alucinados los naipes de su contrincante. Su incredulidad no aflojaba a pesar de llevar años jugando, y perdiendo inexorablemente, contra el Vasco. Siempre acariciaba la posibilidad de que sus ojos le estuviesen engañando; que su cerebro le jugase una mala pasada; que esos reyes en realidad fuesen sotas disfrazadas, tramposas y sibilinas.

—Amarreko pal coleto —sentenciaba Diego, arramplando con los amarrekos para su lado, devolviendo los tantos al centro de la mesa sin mover una pestaña.

¿Cuántas veces había escuchado la rima del Vasco, que encima era versolari, el hijo de su madre? Incontables, infalibles cada jueves en los últimos diez años, desde que comenzaron la partida de mus en el bar. Roca, su pareja, jugaba bastante bien, a pesar de haber aprendido tarde, pero ni por esas.

Una risita nerviosa y pelota siempre corroboraba las gracias del Vasco. Su compañero de juego, Facundo Sixto, el "Virtuoso", lo secundaba en todo; y más le valía, porque él no veía carta buena. Si no fuese por la maestría de Diego, no se hubiese jalado una rosca en el tapete.

El Virtuoso era pintor, escultor, poeta, rasgueaba la guitarra y aporreaba el piano, de ahí su nombrete; un artista colorista, polifacético, talentoso y muerto de hambre. Mayormente almorzaba una vez al día invitado por Diego. Los mejores, también cenaba, llevándose a casa los restos de los platos casi sin tocar de los comensales del local, cuando lo reservaban para algún guateque, cumpleaños o fiestas de quinceañera.

Con una gran mata de pelo, la dejaba crecer a la altura de los hombros. A veces le llegaba para colocarse una escueta coleta, el único detalle destacable de su personalidad. Tal cantidad de cabello turbaba un poco al Vasco, tanto como para hacerle mover casi imperceptiblemente una ceja.

El Virtuoso no era feo; tampoco guapo; ni alto ni bajo, ni rubio ni moreno, ni gordo ni flaco, simplemente desapercibido, totalmente desechable. Nacido en Colombia, emigrado a Venezuela por la guerrilla y desplazado de nuevo a Miami por la revolución marxista del gorila rojo Chávez, miraba con recelo para todos los lados y a todo el mundo, y siempre parecía dispuesto a salir corriendo al menor sobresalto. La naturaleza es muy sabia y había adaptado su apariencia física a su condición de prófugo permanente, convirtiéndolo en invisible.

—Hay que estar listo por si las moscas.

Quitando su dureza en el tapete, el Vasco tenía buen corazón y un gato, llamado Sabino, al que Ernesto trataba de balde. Cuando le bromeaban sobre Sabino, se chuleaba.

—Este gato está aquí para lo que están los gatos, para cazar ratones.

El Conde seguía rememorando a Roca cuando llegó a su domicilio. ¡Qué pena!, desaparecido tan joven, con 57 años. El *Miami Herald* le dedicó un gran obituario y una bonita nota. Al fin y al cabo, era uno de los más prestigiosos veterinarios de Miami.

No quería recordar los detalles feos sobre su amigo. Mejor evocar los agradables momentos compartidos. Roca tenía mano para las orquídeas. Varias de su colección habían ganado diversos concursos. Las suyas tampoco estaban mal, aunque lo más lejos que llegó fue a finalista en el certamen de primavera. Un hombre con gran sensibilidad, Roca. Sí señor.

"Pobre Genoveva. Perder al marido así, tan joven y ahora, encima, este disgusto tan grande", reflexionaba mientras se embutía en su traje de faena, se colocaba los guantes de jardinería y ubicaba, en perfecto orden, los utensilios necesarios para el cuidado de sus amadas orquídeas. Comenzó a regar una de sus favoritas, que también lo era de Ernesto, la Rhynchostylis Gigantea, conocida vulgarmente como "foxtail", y se olvidó del mundo.

3

Esqueletos en el armario

Cuando Genoveva llegó a casa, se encontró una patrulla de la policía esperándola. Al salir de la iglesia, el celular comenzó a sonarle sin pausa, así que lo apagó. No tenía ganas de dar explicaciones a nadie. Ni siquiera conseguía explicárselo ella misma. Y ahora más policía. ¿Qué más querían?

—¿Señora Rocamador? —se le acercó un oficial nada más bajarse del auto.

—La misma.

—La han estado intentando localizar desde la compañía de seguridad a su teléfono, pero no lo consiguieron.

—Lo tenía apagado, ¿Qué ha sucedido?

—Saltó la alarma de su residencia. Hemos registrado el

perímetro y hay una ventana rota, aunque no hemos detectado actividad.

—¡Dios mío! ¿Qué hacemos?

—Lo mejor es que entremos nosotros primero. No creemos que los intrusos estén todavía dentro de la vivienda, pero para mayor seguridad es mejor así.

—Por supuesto.

—Si no le importa, aléjese hasta la calle y le avisamos cuando hayamos asegurado la casa.

Tras quince minutos de angustiosa espera, uno de los oficiales le indicó que podía entrar. La residencia estaba completamente revuelta, muebles patas arriba, cajones abiertos, ropa desparramada, cuadros descolgados, objetos rotos . . . ¿Y Elba?

—¡Elba! ¡Elba! —se puso a gritar como una loca corriendo al jardín, recorriéndolo entero, volviendo a entrar, subiendo a los dormitorios, abriendo puertas y armarios, escrutando cada rincón.

Una policía la alcanzó y, agarrándola del brazo, la detuvo antes de que tuviese tiempo de terminar su inspección.

—¿Había alguien en la casa?

—Elba, mi perra. No aparece.

La policía la tranquilizó y salió a hablar con sus compañeros, pero nadie había visto al perro.

—Posiblemente se haya escapado. La puerta trasera del jardín, seguramente por donde entraron los ladrones, está abierta. Lo siento —añadió al regresar a su lado.

Genoveva se echó a llorar.

—Señora, cálmese —la conminó la policía ofreciéndole un pañuelo de papel—. Ya sé que no es mucho consuelo, pero tiene suerte de no haber estado en el domicilio cuando entraron a robar. Avisaremos por radio de la desaparición del perro. Seguro que no anda muy lejos.

—Sí . . . sí . . . gracias —contestó Genoveva, casi en un suspiro.

—Tómese su tiempo. Vamos a levantar atestado de la intrusión domiciliaria. Cuando pueda, por favor, nos deja saber los objetos robados para hacer el inventario. Lo necesitará para reclamar al seguro. Dejamos un oficial fuera unas horas por si necesita ayuda.

—Gracias.

Sentada en el sofá, frente a semejante desaguisado, en silencio, sola, viuda . . . Genoveva resolvió. Subió a su dormitorio, se cambió de ropa, se arremangó y comenzó a ordenar la casa. Era la mejor tarea para el momento. La mantendría ocupada desplegando gran fuerza física y alejaría su cabeza de todo lo que estaba sucediendo por unas cuantas horas.

Genoveva, "Gina" como la llamaba cariñosamente Ernesto, era psiquiatra de profesión. A sus 50 años era una mujer bandera, de profunda mirada azul y melena dorada. Ostentaba muy buena piel, gracias a que nunca utilizó excesivos afeites ni se tostó al sol. El cuerpo duro y firme lo cuidaba a diario en el gimnasio.

Nunca pensó en casarse, siempre dedicada a su profesión en cuerpo y alma. Pero llegó Ernesto diez años atrás y . . . no sabía cómo, a sus 40 años se enamoró como una tonta. Sus teorías de que los sentimientos se controlan, de que si cuando se sienten nacer se cortan de cuajo no funcionaron en esta ocasión. Dos almas solitarias y gemelas se encontraron en un determinado momento del tiempo y del espacio, y saltaron chispas.

Diez años de luna de miel hasta el último día. Creía conocer hasta el más oculto rincón y recoveco de su marido, pero, en vista de las circunstancias, no parecía ser así. Ni sus dotes de entrenada psiquiatra le habían hecho albergar la mínima sospecha sobre Ernesto, un hombre legal donde los haya, o eso parecía hasta el día de hoy.

Se encontraron por primera vez en la librería Books and Books de Coral Gables, en la presentación de un libro un 23 de febrero. Durante el acto se sentía un poco incómoda, pero no podía determinar la causa de su desasosiego. Tras terminar el evento, se giró y se encontró con los ojos de Ernesto mirándola fijamente, taladrándola como si quisiera leer su alma. No le produjo malestar, bien al contrario. Notaba armonía en sus ojos. Eso era lo que la estuvo molestando. Siendo psiquiatra y muy intuitiva, aun sin verla, sintió esa mirada clavada en su nuca. Por eso le extrañaba más y más el no haber detectado nada en Ernesto en diez años, ni una mala vibración.

La invitó a tomar algo en el agradable café de la misma librería y ella aceptó contra todos sus principios. Ni recordaba de qué hablaron, ni le importaba. Lo relevante es que se sintió bien a su lado, como si lo hubiese conocido de toda la vida. ¡Y cómo la miraba!

Visitaban con frecuencia la librería para almorzar, asistir a lecturas, presentaciones, actuaciones y, cada 23 de febrero sin faltar uno, acudían a celebrar el aniversario de su encuentro. Allí, tiempo después, cuando se lo contaron todo, o eso creía entonces, le explicó que lo enamoró entero. En un velador del bello patio, a media luz, con música de jazz de fondo, Ernesto le dijo que todo le gustaba de ella, el color de sus ojos, el olor de su pelo, su risa y, sobre todo, su manera de hablar y su acento porteño que no había perdido a pesar de llevar casi 20 años en Estados Unidos.

Genoveva Rocamador, de soltera Genoveva Faraci, nació y se crió en Buenos Aires, Argentina. Tras terminar sus estudios de psiquiatría general, se trasladó al Massachusetts General Hospital para su especialización y nunca regresó a su tierra natal, siempre bella, siempre altiva y siempre miserable. Una vez completo el internado, consiguió un contrato en el Hospital Jackson de Miami, abrió consulta privada por todo lo alto y allí estuvo hasta que se casó con Ernesto. Con los ingresos de él y los ahorros de ella, vivían muy desahogados y decidió dedicar su tiempo a devolver algo a la sociedad que tanto le dio.

Los años que mantuvo consulta privada resultaron un aburrimiento, además de un paseo por el alambre. Por supuesto, llenó la cuenta bancaria y, gracias a ello, podía dedicarse a tratar voluntariamente, sin cobrar, a los pobres locos y desahuciados del hospicio donde ahora prestaba sus servicios.

Dejó atrás crisis nerviosas, histerismos y depresiones femeninas, algún desviado que no lo asumía, abusos de drogas de todos los colores y alcohólicos encubiertos. Lo que más le reventaba eran las luchas con abogados que buscaban mierda en casos de litigios empresariales o intentaban arrancar las últimas migajas en divorcios millonarios. Las declaraciones en los juzgados trató de evitarlas por lo necias y crueles. No siempre lo consiguió, desgraciadamente.

Y el resto de los pacientes pudientes . . . ni qué contar; necesidad de una oreja atenta, o incluso oreja a secas para meterle el rollo de sus penas, desdichas y frustraciones ilustradas, a alguien que no fuese un cura. Eso estaba ya muy "demodé" y resultaba realmente vulgar, propio del pueblo al que nunca le sobra doscientos dólares para acomodarse en un sofá a soltar estupideces. Cuando la pasta hace falta para comer, los psiquiatras son de lujo.

Frecuentemente, sus pacientes la invitaban a fiestas de recaudación de fondos para diversas causas benéficas, a razón de mil dólares mínimo por barba. Si paseaba su mirada por la sala y comenzaba a sumar, le salía una gran cuenta: "al menos la mitad de los aquí presentes se han sentado en mi sofá".

Llenó varias bolsas de basura con objetos rotos, recolocó lo que pudo y se le hicieron las cinco de la tarde sin sentirlo. Estaba agotada. Mejor. Así posiblemente le resultaría más fácil conciliar el sueño, después de semejante día. No deseaba tomarse ninguna pastilla. Dada su profesión, recetaba muchas y conocía sus efectos. Si no son estrictamente necesarias, es mejor agotar cualquier otro sistema para solucionar un problema. El último recurso es el medicamento.

Tenía que llamar a Ricky. Se le había olvidado completamente. Se levantó del sofá y se dirigió hacia el despacho de Ernesto para buscar el número de teléfono. Aún cuando corrió buscando a Elba como una poseída por toda la casa, no llegó al despacho, al haberla parado la agente de policía. Dudó un tanto: no estaba lista para entrar y encontrarse semejante panorama en el santuario de su esposo.

Empujó la puerta con recelo y se quedó paralizada: todo estaba bien, tal como él lo dejó. Ni un papel fuera de lugar, cuadros y fotografías en su sitio, el escritorio ordenado, los libros en sus anaqueles. Le pareció milagroso e inexplicable, a no ser que el espíritu de Ernesto . . . un escalofrío le recorrió el cuerpo . . . bobadas . . . ella no creía en el más allá, ni en muertos resucitados, ni en almas y espíritus. Bastante jodida es la vida, como para que encima nos amenacen con la "vida eterna".

Recorrió con la mirada el centenar de fotos que Ernesto tenía colgadas en la pared. Una triste sonrisa apareció en sus labios. Aquella operando al hipopótamo del zoológico que tanto les hacía reír. La otra con aquel pobre lorito desplumado del Jungle Island al que salvó la vida, con los tigres, los leones, los monos del zoológico, los tiburones del acuario, sus queridas orquídeas.

Se sentó en la silla del escritorio de su marido. Le flaqueaban las piernas con los abrumadores recuerdos, tan recientes. Ni tan siquiera hace una semana, se enzarzaban en una de las discusiones sin fin a las que acostumbraban.

Ernesto defendía que el futuro estaba inexorablemente ligado al pasado. Ella no creía en la predestinación y trataba de convencerlo a diario.

—Tú observa a uno de esos que dice que cree a pies juntillas en el sino. ¿No mira a los dos lados cuando cruza una calle? —le comentaba cuando se metían en disquisiciones filosóficas interminables.

Ernesto poco tenía que argumentar contra una psiquiatra, que le daba la vuelta a todos sus argumentos.

—Uno es lo que quiere ser si se empeña. Lo que le pasa a la gente es que sueña y sueña, pero nunca actúa para realizar sus sueños. Luego culpa al destino, a las circunstancias, a su mamá, al vecino . . .

Le molestaban sobremanera los llorones, siempre buscando una excusa para no hacer nada, todo el día soltando penas. Los inmovilistas totales que se pasaban la vida quejándose de su status sin mover un dedo para cambiarlo. Pero, sobre todo, los que achacan el fracaso a los demás o a sus "deberes" para con el mundo.

—El primer deber es con uno mismo. El destino no existe, se lo crea uno solito.

—¿Y si te empeñas y aún y todo no llegas a tu meta? —le contestaba él.

—Por lo menos has disfrutado por el camino y ya no puedes echarle la culpa a nadie. El resto son excusas.

Ernesto se imaginaba que esta incredulidad de su esposa era defecto profesional. No puede uno aliviar a enfermos mentales diciéndoles que su desgracia es el resultado de un Dios maniático e ininteligible o de una fortuna antojadiza y malvada. Necesitaba de alguna manera transmitirles que el destino estaba en sus manos, no al revés.

—El que se empeña, se casa —zanjaba siempre la conversación Genoveva.

Se levantó, agarró la agenda telefónica y salió despacito, sin hacer ruido, como si no quisiera provocar el fragor de la jungla toda representada en aquella pared, la labor de una vida.

Mientras se preparaba una cena ligera, más por obligación que por apetito, llamó a Ricky Hurtado, el abogado.

—¡Qué me cuentas! —contestó tras escuchar a Genoveva.

—Lo que oyes.

—¿Te encuentras bien? ¿Necesitas algo?

—Dadas las circunstancias... pero, gracias, no necesito nada.

—Mándame por fax el requerimiento y te llamo en cuanto lo lea.

A la media hora, Ricky estaba de nuevo al teléfono.

—Hoy ya es tarde, pero mañana a primera hora localizo al abogado de la parte contraria. Lo conozco, es colega.

—¿Llevará tiempo?

—Habrá que negociar primero. Si se avienen, unos días de tira y afloja. Si no, el siguiente paso es la mediación, otra semanita, con suerte. En última instancia, si el caso llega a juicio, la cosa puede alargarse varios meses. Entre que asignan al juez, se lleva a cabo la investigación, se buscan testigos si los hubiese, se toman declaraciones ... la verdad que es muy temprano en el proceso, como para hacernos una idea.

—¿Qué aconsejas?

—Lo primero, realizar una investigación exhaustiva, porque esto huele muy mal. Contra más información tengamos cuando nos sentemos a la mesa, más poder de negociación.

—¿Tú te lo crees, Ricky?

—Gina, ni me lo creo, ni me lo dejo de creer. Conocía a Ernesto casi desde que se estableció como veterinario en Miami, hace veinte años. Desde entonces ha sido un hombre intachable, dedicado a su profesión y, desde que te conoció, tu devoto. Antes de eso no lo sé, la verdad. Llevo muchos años de abogado y he visto muchas cosas, sorprendentes y hasta pasmosas. Todos tenemos algún esqueleto en el armario y el que no lo tenga es que no vivió. Ya sé que no te sirve de gran consuelo lo que te cuento, pero también te conozco y sé que no te tragarías una mentira piadosa de mi parte. Si Ernesto se casó contigo, por algo fue. Eres una mujer inteligente que no se deja engatusar fácilmente.

—Pues Ernesto parece que lo consiguió, en vista de los hechos.

—No adelantemos acontecimientos. Vamos a ver qué terreno pisamos primero. Hablamos mañana sin falta.

Se sentó frente a la televisión, puso cualquier canal para sentir una voz humana a su lado y revolvió el plato de comida, pensativa. "Todo el mundo tiene esqueletos en el armario". Ciertamente. El suyo aun le pesaba en la conciencia y determinó muchas de sus decisiones en la vida. Con 17 años se enamoró perdidamente de Luciano Hernández, siete años mayor que ella. Su primer amor llegó como llegan todos los amores adolescentes, como un ciclón que toma por asalto un corazón todavía puro, sin heridas, abierto de par en par. También tenían sus peleas como cualquier pareja de enamorados, por supuesto. Tras una de ellas, estuvieron sin hablarse un mes. Si él no llamaba para disculparse, ella tampoco, no faltaba más.

Saliendo de la escuela, un día se le acercó al trote una de sus compañeras.

—¿Tú no salías con Luciano?

—Sí.

—Se ha ennoviado y se casa el mes que viene.

Se quedó sin aliento.

—Es mentira —fue todo lo que pudo responder.

—Es verdad.

—¿Con quién?

—Con Matilde Falconetti.

—¡Pero si es una boluda!

—No debe ser tan boluda. Se quedó preñada a la primera.

Casi se desploma allí mismo. Ella también estaba embarazada. Esperaba la llamada de Luciano en cualquier momento, como siempre sucedía tras alguno de sus altercados. Una llamada que nunca llegó.

Abortó, y allí se acabó la historia, sus ganas de volver a enamorarse y de ser madre. Nunca supo más de Luciano. Cada vez que se imaginaba embarazada de nuevo o con un hijo en los brazos, resurgía el recuerdo de aquel hombre que la abandonó y del bebé que concibió por amor y que nunca nació. Y se ponía a temblar. Cuando se independizó de sus padres, se hizo una ligadura de trompas, a pesar de desaconsejárselo su ginecólogo dada su juventud: tenía tan sólo 28 años.

—Gina, espera un poco. Seguro que luego cambias de opinión. El reloj biológico femenino se acelera con la edad.

Pero nunca lo hizo. Se prometió a sí misma, como su heroína Scarlett O'Hara en *Lo que el viento se llevó*, que nunca más se enamoraría, y cumplió hasta que llegó Ernesto. Tuvo semi novios, cuasi novios, medio novios, nada memorable y nunca, jamás, le volvió a entregar su corazón a nadie. Cuando llegó él ... no se dijo nada, se dejó ir. Todavía no se lo explicaba. En lo que no claudicó fue en lo de tener hijos. Habló con Ernesto del tema antes de casarse, se lo explicó, y a él le pareció bien. Si ella no los quería, él no tenía necesidad de hijos.

Aquel estrepitoso fracaso con Luciano fue lo que le llevó a dedicarse a los estudios de medicina y psiquiatría de lleno. Terminó la primera de su promoción, lo que a su vez, le consiguió el internado en el Massachusetts General Hospital. Así pudo también poner tierra de por medio, su mayor deseo.

Su dedicación completa en Boston le ayudó a lograr la plaza en el Jackson de Miami, donde posteriormente coincidió con Ernesto ... igual tenía razón cuando comentaba que el presente es simplemente un lastre del pasado y el futuro su consecuencia. La vida te enseña a pensar, pero el pensamiento no te enseña a vivir.

Ernesto. Diez años. Diez años amándose intensamente, por mucho que ahora quisiera odiarlo. Con su cantarín acento mexicano, la hacía reír a cada rato y no digamos cuando le contaba sus "anécdotas animales", cómo él mismo las etiquetaba.

Un hombre inteligente, culto, leído, alegre, creativo, quizás con un poso de tristeza pero muy al fondo. Estaba muy en forma por su trabajo, que le exigía gran fuerza física y la práctica del boxeo, deporte que realizaba con asiduidad. Más allá no era excesivamente presumido o atildado, aunque sí le preocupaba su pelo, que cada vez clareaba más, y poco antes del accidente decidió hacerse un transplante.

Siempre andaba vestido de faena y algunos días regresaba apestando, sobre todo cuando trataba a algún paciente del zoológico, especialmente los leones, que esos sí que hieden.

Cuando ella le pedía que no se acercase del tufo, se ponía a rugir y se iba desnudando poquito a poco, mientras se le acercaba imitando al rey de la selva en sus caminares. Le entraba tanta risa y se enternecía tanto, que terminaban haciendo el amor allí mismo donde la pillaba, el salón, la cocina, el garaje, el baño . . . al cabo de un tiempo, llegó a excitarle ese olor animal.

Su amiga Claudia, la otra psiquiatra que trabajaba con ella en el grupo de apoyo a los hospicios, no se lo creía. Se mofaba cuando se lo relataba en esas sesiones de auto terapia que se realizaban mutuamente para liberarse de toda la carga negativa que recibían de sus pacientes.

—¿Y tiene barriga?

—No, está estupendo.

—¿Y de tamaño como anda?

—Bien.

—¿Eyaculación precoz?

—Aguanta.

—Hija mía, a ese marido tuyo hay que canonizarlo.

Claudia era viuda y vivía sola. Con dos hijos crecidos que la visitaban de ciento a viento y unos cuantos novios desechados, pasaba ya de encontrar una relación estable y menos un amante decente.

—Con mi "Tommy" me arreglo bastante bien —comentaba de su consolador.

El timbre la sacó de su ensimismamiento. El policía de guardia se despedía.

—Señora Rocamador, he recorrido de nuevo el perímetro de la casa. Todo parece calmado. Me voy, si le parece. No se olvide de armar el sistema de seguridad.

—Gracias, agente. ¿No habrá visto a mi perra, verdad?

—No, Señora. Lo siento.

—Gracias.

Antes de acostarse, repasó su joyero, bolsos, carteras, aparatos electrónicos . . . No se habían llevado nada de nada, ni un lapicero; hasta la caja fuerte, con algo de dinero y documentos como pasaportes, estaba sin tocar. Seguramente no tuvieron tiempo, aunque debieron estar un buen rato para dejar la casa como la dejaron. Decidió abandonar el resto para mañana, que venía la empleada. Entre las dos sería más fácil mover los muebles pesados para limpiar bien.

4

———

Esto es la jungla

A primera hora de la mañana, Nelson Montero, detective privado, con oficinas cutres en un destartalado centro comercial de la Calle Ocho, recibió una llamada de su mejor cliente. Ricky Hurtado deseaba que se pusiera en contacto con la señora Genoveva Rocamador para una investigación. Le pasaba ya mismo por correo electrónico copia del requerimiento judicial recibido desde México. Se reclamaba el cadáver de Ernesto Rocamador a favor de su esposa, María Marrero de Rocamador. La demanda estaba siendo tramitada a través de un abogado de Miami.

Mientras tanto, él contactaría al abogado de la parte contraria para solicitar certificado oficial de matrimonio y lo que fuese pertinente.

—Búscame toda la mierda que puedas.

—Mi especialidad.

Nelson llamó a la señora Rocamador y quedaron en verse tras el almuerzo. Él acudiría a su domicilio, por supuesto. A la clientela masculina no le importaba recibirla en esta cochambre de despacho, pero a las damas . . . estas disciernen mucho más. Por mucho ambientador que uno utilice, el panorama no se perfuma.

Nacido y criado en Hialeah, uno de los barrios más pobres y duros de Miami, Nelson creció defendiéndose. Primero esquivando bofetadas y luego propinándolas, cuando le agarró el truco. Su falta de todo —altura, belleza, encanto, personalidad e inteligencia para los estudios, que lo hizo el blanco de todas las puyas y tortas en la escuela— se convirtió en sus mayor cualidad con el paso de los años y en la clave del éxito de su negocio.

Totalmente anodino, podía transformarse en el personaje que le diese la gana, arte que de chico practicaba en su imaginación, durante las muchas horas que se pasaba jugando solo, a falta de compadres con quienes compartir. Dependiendo de la vestimenta y la actitud, podía pasar por cubanito de alta cuna o baja cama, español de pura raíz mora, judío sefardita, italiano "mamma mia", libanés franchute, indio de la India o árabe de chilaba.

A su inigualable condición camaleónica, que le permitía mimetizarse en cualquier entorno, unía una sorpresiva pericia para los idiomas y, sobre todo, para chapurrear cualquier lengua con el "acento" deseado. Español con deje andaluz, gallego o catalán; francés del Líbano; inglés de toque sureño; castellano de Cuba, México, Argentina, Venezuela . . . al gusto.

La pobreza en la que creció también tuvo sus efectos positivos en la madurez y en su elección de profesión. Con un padre que todo lo que dejó antes de esfumarse fue el espermatozoide y una madre requetematada de trabajar dos turnos diarios para malamente darle de comer, Nelson no recibía juguetes ni de Santa Claus, ni de los Reyes Magos, ni de nadie más perteneciente al santoral o a la nobleza.

Se las arreglaba construyéndose artefactos psicodélicos con tuercas, tornillos, clavos, metales, maderas, cables, alambres, chapas de botellines y cualquier basura no comestible ni perecedera que encontraba por ahí.

Pronto comenzó a vender los cacharros a compañeros de colegio que alucinaban con los chismes. Invirtió las primeras ganancias en pilas, bombillas de navidad de colores e interruptores, para mejorar el producto, y añadió circuitos eléctricos que se iluminaban a voluntad.

Pronto siguieron los motores que meneaban ruedecitas, hacían moverse al artilugio y emitían ruidos. El más popular era el que imitaba el sonido de un pedo, producido al inflar y desinflar un condón colocado estratégicamente en la instalación. Un best-seller del que aún conservaba celosamente una versión en el cuarto de baño de su apartamento y que todavía funcionaba con gran precisión. A veces lo ponía a funcionar cuando cagaba. Le entretenía una barbaridad, además de ayudarle con los movimientos peristálticos. Todo un éxito comercial en la secundaria, que le permitió ahorrar sus buenos pesos y estudiar electrónica.

Empezó a trabajar en la tienda Spy World, donde se familiarizó con toda clase de aparatos para el espionaje de venta al público y se versó en los de espionaje privado e industrial. Pocos años después, decidió montarse como detective. Sabia decisión que le había reportado sus buenos billetes.

—————

Tremendo mangón le abrió la puerta de la elegante residencia en Coral Gables.

—Nelson Montero a sus pies, madame —saludó, haciendo una profunda reverencia que casi le parte el espinazo.

—Pase, por favor —le requirió Genoveva Rocamador, estrechándole la mano, girándose y conminándolo a seguirla.

"Tremendo trasero, y no digamos la delantera. Todo en su sitio", pensaba el detective, concentrado en el culo de Genoveva hasta que llegaron al salón.

—Por favor siéntese —le dijo Genoveva, indicándole una silla.

Ella se acomodó en el sofá.

—Ricky le habrá adelantado el asunto ¿verdad?

—Si, Señora.

—Dejémonos de formalidades, llámeme Genoveva.

—Su difunto esposo, que en paz descanse, parece ser que estaba casado anteriormente y se olvidó de divorciarse antes de contraer segundas nupcias con usted.

—Efectivamente, así parece.

"A mí también se me hubiese olvidado", pensaba Nelson, distrayéndose en los muslos, parcialmente al descubierto ahora que Genoveva estaba sentada con la falda un tanto arremangada.

—Y ahora la supuesta viuda reclama el cadáver del señor Rocamador. Me imagino que luego demandará la herencia.

—Seguramente. Eso me comentó Ricky, aunque tiene poco que rascar. Ernesto puso todo a mi nombre después de casarnos. Lo único es la clínica veterinaria que deja a su asistente asociada. Así lo estableció en el testamento que hicimos juntos.

—No quiero darle falsas esperanzas, pero puede ser todo una estafa. Su esposo era un hombre acomodado y relativamente conocido en Miami por su profesión. Investigaremos la veracidad de la demanda.

—Lo único que deseo es poder enterrar a Ernesto en paz. Si se puede solucionar rápido, aunque sea pagando una suma razonable, lo prefiero.

—Me gustaría revisar los papeles de su difunto esposo.

—Por supuesto. No he tocado nada de su oficina. Por favor, sígame.

Camino del despacho de Ernesto, Nelson apreció cierto desorden en la casa, cuadros descolgados, muebles corridos, adornos apilados.

—¿Está usted de mudanza?

—Ayer entraron a robar. Parece mentira, justo cuando estaba en el funeral. Dejaron todo patas arriba, igual que la primera vez.

—¿Han entrado dos veces?

—Sí. La primera hace tres años. Gracias a Dios no estábamos en casa. Ernesto se asustó bastante. A raíz de aquello, decidió colocar el sistema de seguridad.

—¿Y se llevaron algo? —preguntó Nelson, advirtiendo la coincidencia.

—Esta vez, nada que yo sepa. No debió darles tiempo, porque saltó la alarma. Ni llegaron al despacho de Ernesto. Allí está todo sin tocar. La primera, agarraron lo que pudieron. Poca cosa: la computadora y lo que había en la caja fuerte. Un par de pulseritas mías y un reloj de Ernesto. Las joyas buenas las tengo en una caja de seguridad del banco.

Al abrir la puerta, Nelson se encontró en la jungla. Un centenar de fotografías de Ernesto con animales y plantas ocupaban las cuatro paredes. El resto estanterías con libros. En un atril, una Biblia antigua abierta. Un confortable sillón en una esquina junto a una mesita y una lámpara para leer. La mesa, ordenada. Genoveva notó su sorpresa.

—Mi esposo es . . . era veterinario.

—Ya.

—Lo dejo a sus anchas. Todos los cajones están abiertos —se despidió Genoveva, saliendo de la oficina.

—Gracias.

"Hay que valer", cavilaba Nelson, recorriendo con la mirada las fotografías de un hombre de mediana edad, atractivo, sonriente, cómodo en medio de tanto bicho. A él los animales, por mucho que también fuesen hijos de Dios, se la rechiflaban.

En Hialeah, muchos tenían perros como una medida extra contra los cacos. Disposición totalmente inefectiva, porque allí se robaba a diario y por todos lados. Eran mayormente engendros callejeros, a los que dejaban sueltos en los patios y jardines y daban de comer de vez en cuando. No servían de gran cosa porque, dada su debilidad, tanto genética como alimenticia, con darles una patada salían corriendo como alma que lleva el diablo. Si se ofrecía una salchicha a semejantes desnutridos, te amaban de por vida. Por supuesto procreaban a tutiplé porque, como sucede con los humanos, contra más miserables más prolíficos, y esas bestias callejeras feas, sin pelo y hambrientas, merodeaban por todos lados.

Un día, siendo niño, rastreando los consabidos materiales para fabricar sus juguetes, se dio de narices con una de esas aberraciones pelonas, tras un contenedor de basuras. En aquel ámbito, cualquier movimiento supone competencia alimenticia para el animal. Le había sucedido con anterioridad y siempre andaba con gran atención, pero este le pilló por sorpresa y le mordió.

"A la mejor puta se le escapa un pedo", pensaba, mirando con respeto a Ernesto al lado de un tigre.

Se quitó de encima al chucho, atizándole con un casco de botella que andaba por allí tirado, lo primero que le vino a mano. Recordaba aún hoy perfectamente que era de cerveza Miller, desde entonces su favorita. Lo que no le quitó nadie de encima fueron las inyecciones contra la rabia Todo ello unido a los lamentos de su madre, no por el dolor de su hijo, sino por la astilla que tuvo que soltar al matasanos de turno por los pinchazos. Definitivamente, la fauna no era lo suyo.

Revolvió cajones, apartó y miró libros y estanterías, estudió papeles, registró el mobiliario, sofás, mesas, lámparas, viró cada una de las fotos. Nada remarcable. Tras dos horas de trabajo exhaustivo, decidió liquidar y llevarse la computadora para analizarla.

Con ella debajo del brazo, caminó hasta el salón donde Genoveva le estaba esperando con un café.

—¿Toma usted café?

—Con gusto. Me llevo la computadora si le parece. Me gustaría también pasarme por la clínica veterinaria. Nunca se sabe.

—Por supuesto. ¿Encontró algo?

—Nada especial. Igual la computadora nos pueda dar alguna pista. ¿Sería tan amable de avisar de mi visita a la clínica, quizás mañana mismo?

—No faltaba más. La asistente de mi esposo se llama Adela Amilibia. La llamo para dejarle saber.

—¿De confianza?

—Total. Nada más terminar los estudios, comenzó a trabajar con Ernesto. Él le enseño todo lo que sabe. Y a su hermano, José, que andaba por mal camino, lo enderezó. Le financió los estudios de técnico y ahora él también trabaja de ayudante en la clínica. Los dos lo admiran ... lo admiraban—dijo Genoveva, que no pudo terminar la frase, anegada por los recuerdos.

—Perdone que le haga una pregunta, pero, ¿no le incomoda que su esposo legue el negocio a su asistente?

—Una clínica veterinaria vale lo que vale su veterinario. En Ernesto ... Adela ha tenido un buen maestro. No le sacará lo que mi esposo, pero seguro que le da para vivir a ella y a su hermano. El resto tiene poco valor. El local es alquilado y el equipamiento de leasing. Ernesto dejó sus buenos ahorros, un seguro de vida generoso y yo tengo mi profesión, y la casa está pagada. La vida sin Ernesto ...

Genoveva no pudo terminar lo que iba a decir. Tras un breve silencio, sólo roto por el entrechocar de la porcelana de tazas, cafetera y cucharillas, volvió a retomar su compostura.

—Me gustaría que me hiciese otro trabajito —le comunicó con una amplia sonrisa, alcanzándole la taza.

"Nelson, no te embales. Hace pocos días que se quedó viuda. La necesidad todavía no debe apremiarla tanto como para estar tan desesperada".

—Mi perra Elba desapareció el día de la intrusión. Ya sé que es usted un detective de mucho prestigio como para ocuparse de su búsqueda, pero me gustaría que se encargase de ello. ¿Le importaría hacerlo como favor personal?

—No faltaba más —contestó Nelson, desinflándose aunque conservando cierta ilusión.

Después de todo, la esperanza es lo último que se pierde.

—¿Tiene una foto del animal?

Tras ir a buscarla y entregársela a Nelson, Genoveva le dio todos los datos sobre Elba.

—¡Ah! Ya la vi en una foto con su difunto en el despacho —comentó Nelson con la instantánea en la mano.

—Sí,—replicó Genoveva conmovida— era la niña de sus ojos.

—Haremos lo posible.

—Gracias. Tiene un chip. Se lo puso Ernesto en caso de que sucediera algo así. Si alguien la encuentra, remite a la compañía de seguridad y ellos nos comunican. Allí estamos registrados con dirección y teléfono.

—¿Es GPS?

—No, sólo código de barras. Nunca pensé que podría pasar esto . . . es una perrita muy buena. Jamás se escapó, ni aunque dejásemos la puerta abierta.

—No se preocupe, Genoveva. ¿El nombre de la compañía?

—Pet Alert.

Tras el café, Nelson se despidió de nuevo muy caballerosamente, bajando la cerviz hasta el suelo. Hoy seguro que le daba lumbago. Se fue con la música a otra parte, concretamente a casa de su andoba Teo Osorio, uno de los más prestigiosos *hackers* de la Florida, al que avisó por teléfono cuando estaba en camino.

—¿Cómo andas, tigre?—lo recibió su colega Teo.

—Torcido, con tanta gimnasia que he tenido que hacer hoy.

—¿Alguna doña?

—Correcto e incorrecto.

—Aclara.

—Ejercicios de columna —le explicó Nelson, haciendo una reverencia y relatándole el caso de Genoveva.

—¿Te provoca un traguito?

—Dale.

Tras sentarse a la mesa, Nelson le entregó la computadora, para que la analizase a fondo, y los datos de Ernesto, para que investigase toda la información referente al sujeto. Concentrarse especialmente en su pasado y en un posible matrimonio con una tal María Marrero en México, treinta años atrás. Finalmente le dio la foto de Elba.

—Agraciada la señorita—se cachondeó Teo.

—Localización.

—¿Tan mal anda el bisnes?

—No me la peles. La señora le tiene mucho cariño.

—Mucho le debe tener, para que te metas a buscar perros. Y buenas tetas también. Parece que te ha dejado obnubilé.

—¿Nunca te relaté por qué me divorcié de mi segunda esposa?

—Ni de la primera. Siempre fui un hombre afortunado.

—Llegó un momento en que sabía lo que iba a soltar antes de abrir la mui.

—Peliagudo.

—Tras varios meses de chitón, me abrí.

—El silencio es oro.

—Aplícate el cuento.

Nelson se terminó el ron y dejó a Teo trabajando en mutis, despidiéndose con varios gestos de los que suelen cortar en los programas de televisión emitidos en horario infantil, entre ellos uno muy popular, enseñándole el dedo corazón, al que Teo respondió con prontitud.

Tras su partida, Teo enganchó la computadora de Ernesto Rocamador a su sistema y la dejó bajando y copiando la información. No tenía contraseña para entrar, así que una cosa menos. Otro aparato comenzó a rastrear a Ernesto por toda la red, desde su fecha de nacimiento. La tercera la concentró en María Marrero. Mientras tanto se entretuvo con el asunto del perro.

Teo trabajaba desde su domicilio. Para reventar correos, cuentas bancarias, páginas seguras de Internet, bancos de datos y lo que se le pusiera por delante, no necesitaba mucho espacio ni, por supuesto, oficinas al público ofreciendo sus servicios de *hacker*. Con su equipamiento, su entrenamiento, intuición y psicología tenía más que suficiente. El resto, referencias de clientes.

Aparte de los gastos en nuevas tecnologías, en los que debía estar a la última para poder ofrecer servicios impecables, gastaba en poco más, a no ser su bendito ron del que caían tres copitas, contadas, al día. Había visto los estragos del alcohol y las drogas entre los compañeros del maco y no digamos, sufrido en carne propia.

De ropa, siempre andaba con unos jeans, camisetas coloristas con diversos logos y tenis estrictamente blancos. Ni tenía un traje. ¿Para qué? Nadie espera ver aparecer a un *hacker* con camisa y corbata. Sólo se permitía un lujo: visita quincenal a la barbería *La Imperial*, con corte de cabello a tijera, masaje facial, toallitas calientes húmedas, baño de vapor y una buena rasurada de la barba a navaja, como debe ser.

Conversación trivial, mayormente tiempo y tráfico, chistes malos y buenos, embestidas contra las esposas y piropos para algún nuevo manguito de la concurrencia, insultos a la bestia cubana que había machacado la isla y una cervecita fresca gratis, fineza de Pío, el dueño de la barbería, constituían su único cordón umbilical con el mundo exterior. Poco más, aparte de las escuetas conversaciones con los clientes de su burumba, de los que de muchos sólo conocía su email, desde donde le contrataban para los encargos siempre por referido, y la cuenta bancaria, desde donde le transferían el billete.

Los domingos se permitía acudir al buffet de Las Casitas, donde por diez pesos se puede comer todo lo que uno quiera de 11 a 14 horas, excluidas bebidas alcohólicas. Una vez al mes se regalaba manicura y pedicura. Y aquí se acabaron sus vicios.

Aparte de eso, estaba soltero y "por muchos años, si Dios me lo permite, visto lo visto y lo que se comenta por la barbería". Se las arreglaba muy bien con la mano izquierda —era zurdo. En seco, con la ayuda de alguna película porno que bajaba de Internet, y con el agua templadita de la ducha en situación húmeda, para variar. De vez en cuando tumbaba a una camarera o dependienta necesitada. En casos extremos, recurría a las putas, siempre distintas para no encariñarse ya que tenía un corazón un tanto blando.

En tiempos fue uno de los más grandes reventadores de cajas fuertes del Estado, hasta que le echaron el guante. Unos cuantos años en el trullo le hicieron recapacitar y reconvertirse. Como la vida tras las rejas no es que cuente con muchos alicientes, se apuntó a unos cursos de programación e informática. Se ofrecían gratis a los presos sin delitos de sangre y además redimían pena.

Se enganchó. Le gustaba y además tenía don. Al salir abrió

una cerrajería, su especialidad, pero no daba para mucho y se aburría soberanamente. Se pidió un crédito, traspasó el negocio, terminó los estudios de informática y se colocó con una empresa. En menos de un año la hizo subir en bolsa como la espuma, tras forzar la seguridad informática de su gran rival. Tras el gran éxito decidió establecerse por su cuenta. Su ex jefe le dio tremendas referencias y, desde entonces, vivía como un rey sentadito en el caracol.

También era aficionado a la lectura. Siempre le gustaron mucho las historias, especialmente las románticas, y por eso deducía que debía tener un corazón tierno. Nunca tuvo libros más allá de los que sacaba prestados de la biblioteca, porque, en las casas en las que creció, el papel se utilizaba mayormente para limpiarse el trasero o envolver el almuerzo.

Por la pinta, sobre todo el pelo malo enroscado, su progenitor debía tener algo de sangre negra. El resto, no mucho que reportar: estatura media, rasgos faciales un tanto infantiles, flaquito aunque con cierto michelín a los costados, manos y pies un tanto desproporcionados para el resto del cuerpo, las orejas soplillo y se acabó el cuento. A su madre la recordaba apenas y ni una foto le quedó, sólo el recuerdo de unos ojos glaucos mirándole sin emoción alguna en sus sueños adolescentes.

Hijo de madre alcohólica y padre desconocido, posiblemente ni su madre lo conocía, pasó a depender de los servicios sociales del estado de la Florida a la tierna edad de 5 años. Lo rotaron de casa en casa de acogida hasta los 12 años, con el único beneficio de que aprendió a defenderse con gran maestría tras las cinco primeras palizas, y a buscarse la vida y la comida por su cuenta con notable habilidad.

Completó su formación en un reformatorio, donde pasó un

año después de forzar un perol. Al salir, con 13 años, ya no le tocaba un pelo ni Dios. Vegetó hasta la mayoría de edad con una familia adoptiva temporal, que mantenía a otros cuatro desgraciados como él únicamente por recibir los 800 papeles por barba que les cascaba el Estado.

Recordaba esta etapa con cierta felicidad, ya que fue la única en la que nadie le cayó a palos. A los 18 volvió al tanque, tras descerrajar una caja fuerte, en las que estaba muy bien versado. Juzgado ya como adulto, le crujieron cuatro años, reducidos a tres por buena conducta y los cursos de informática. El resto, historia.

Telefoneó a la compañía Pet Alert para preguntar por Elba y ponerlos al tanto de la desaparición del perro. Le comunicaron que figuraban varias Elbas en su base de datos, pero ninguna con la dirección y el teléfono facilitados.

No podían darle más datos, lo sentían. Si deseaba mayor información, debería enviar una aplicación por correo propiamente cumplimentada y firmada. El formulario podía descargarlo fácilmente en su página de Internet. Que no se le olvidase incluir una fotocopia de su identificación y una carta, explicando la razón de la petición. Antes de responderle, contactarían al dueño que figuraba en la base de datos para solicitar su permiso de liberar la información requerida.

"Qué raro", caviló al colgar, tras dar unas gracias muy educadas.

"Me importa un bledo", se dijo a sí mismo. "Voy a arreglármelas solo". Rompió la base de datos de Pet Alert y encontró cuatro Elbas, sólo una de ellas en Florida. La dirección y el teléfono registrados no coincidían con los que Nelson le había dado. Le llamó.

—Aquí hay gato encerrado.

—Mejor dirás perro encerrado.

—¿Nos damos un garbeo a la noche?

—Paso a recogerte. Mejor vamos en mi transportation que tengo todo el equipo—concluyó Nelson.

—Oki doki.

5

———

Elba y Artoo

Tras una hora de manejar, Nelson y Teo llegaron hasta la dirección que aparecía en el registro de Pet Alert, que resultó ser una aislada granja en Homestead. La zona, al sur del área metropolitana de Miami, es el centro de los invernaderos que proveen de palmeras, flores y plantas ornamentales y de jardinería a gran parte de Estados Unidos. Es, así mismo, una rica zona agrícola del cultivo de verduras, frutas y hortalizas, recogidas por mano de obra mexicana, mayormente ilegal y mal pagada.

La oscuridad era completa, no había ni un bombillo. Sólo el reflejo de una luna llena silueteaba la sombra de una casa en mitad de un campo yermo y desolado, con el pasto sin segar, una valla metálica con más agujeros que un queso gruyere y una puerta roñosa abierta de par en par.

Nelson aparcó a un lateral de la propiedad y, con gran silencio, se bajó del auto y abrió el maletero sacando dos linternas y dos revólveres, alcanzándole uno de cada a Teo.

—Oye, jefe, que yo soy solo ladrón —musitó Teo, apartándose y mirando con precaución el arma.

Nelson lo contempló con cara de resignación. Regresó al maletero, agarró dos walkie talkies, los enchufó y le dio uno a Teo.

—Quédate en el auto. Te aviso por el aparato.

Tras quince minutos, en los que Nelson recorrió con gran precaución los alrededores, amparado por la oscuridad, y comprobó que no había movimiento dentro de la casa, avisó a Teo para que se acercase y forzase la puerta principal.

—Como en los viejos tiempos. Que gustirrinín —dijo Teo.

La casa estaba completamente vacía, cayéndose a pedazos. Goteras en el tejado habían chorreado paredes y suelos, el olor a moho podía sentirse hasta en el paladar, los muebles de la cocina arrancados, sin luz y agua corriente.

De repente sonó un teléfono, sobresaltándoles.

—Tono polifónico bacán que tienes. Vaya carajo que no hayas apagado el bejuco. Si llegan a estar esperándonos, ya habíamos entregado el carnet —comentó Nelson, mirando de muy malos modos a Teo y bajando la pistola tras haberse puesto en guardia.

—No es mi celular, coño.

—Pues ala, busca el aparato que sea y contesta.

—¿Y por qué tengo que ser yo?

Nelson le enseñó el arma, moviéndola en el aire.

—El que la tiene más grande siempre se lleva la bembona al huerto.

Al punto Teo se fue, descolgó, dijo: —No, gracias, no me interesa —y cortó.

Luego silencio.

—¿Y?—le gritó Nelson, desde donde se encontraba, al ver que no regresaba.

—Marketing. Venta de no sé qué.

Teo seguía sin volver y Nelson se estaba calentando.

—¿Nelson? —le chilló Teo, desde la otra habitación.

—¿Qué? Chico, ¿por qué en vez de aullar, no regresas y me lo cuentas bajito?

—Porque al lado del timbre hay un perro tumbado que no se mueve. Me huele que está caput.

Nelson corrió hacia allí y contempló a una Elba inerte. Iluminándola con su linterna, comprobó que respiraba pausadamente.

—Tócala.

—Tócala tú.

Nelson volvió a enseñarle la pistola a Teo quien, con cara de estoicismo, agarró un trozo de rodapiés desprendido, terminó de arrancarlo y palpó a la perra que se movió ligeramente.

—Yo creo que está sedada.

—Agárrala y llévala para el perol.

—Agárrala . . .

Ante el ligero gesto de la mano armada de Nelson, Teo cargó a Elba.

—Ya voy, coño.

—Espérame allí.

Repasó la habitación. Aparte del teléfono, al lado del lugar donde descansaba el can, había un plato de agua y otro con comida canina. Un poco más allá, también tirado en el suelo boca abajo, encontró un pequeño cuadrito enmarcado, un tanto ajado, el único objeto que denotaba algún rastro humano en toda la casa. Lo agarró, lo giró y se encontró con un pequeño óleo en el que aparecía Ernesto sonriente junto a Elba, reproducción gemela, a simple vista y con linterna, de una de las fotografías que colgaba en el despacho del difunto. Trincó el plato con comida del perro y el cuadrito; recorrió toda la casa de nuevo. No encontró nada más y se dirigió hacia el auto, donde un preocupado Teo le esperaba con una perra que comenzaba a despertar.

Ya era muy tarde para regresar el can a Genoveva, así que, como la tenía más grande, decidió que se acomodase con Teo por una noche.

Lo dejó en su casa un tanto berreado, junto al óleo para su escaneo y análisis e instrucciones bien precisas de localizar toda la información pertinente a la granja, desde el primer dueño al último; a quién estaba contratada la línea telefónica, quién pagaba la hipoteca y los impuestos . . .

—Berraco —se despidió Teo, cargando a Elba.

—Tarugo.

Nelson llegó reventado a su apartamento; ni hambre tenía. Se dirigió a su pequeño taller, instalado en el cuarto malamente llamado "de invitados" porque, desde que se mudó, diez años atrás, no había recibido ni uno.

Cuando tenía que pensar a fondo y sacar conclusiones, lo que mejor le funcionaba era precisamente concentrarse en otra cosa, normalmente una actividad física o rutinaria, mientras dejaba fluir la mente. Sus artilugios mecánicos eran siempre su salvación. Desde los tiempos de la escuela, solo los construía esporádicamente para sí mismo y, desde que tenía guano, lo que más le probaba era adquirir chismes y modificarlos.

No muy aficionado a la lectura, a no ser el tema profesional para mantenerse al día, o al cine, sí le provocaba la ciencia ficción, sobre todo si tronaban artilugios mecánicos con mucho láser. Las únicas películas que acicalaban su repisa en el salón, por otra parte vacía de cualquier otro adorno, eran las de la saga de *La Guerra de las Galaxias*, que se había visto docenas de veces. De hecho, años atrás, cuando salió a la venta el robot R2-D2 de la serie, lo adquirió. Artoo, como lo llamaba cuando se encontraban a solas, aunque "físicamente" no había cambiado mucho con la edad, sí que mudaba con las estaciones y festividades.

Desde que vivía solo le provocaba ataviarlo para las circunstancias. En Navidad portaba una guirnalda a modo de bufanda y lucecitas de colores. Para San Valentín, un corazoncito bermellón colgaba de uno de sus objetivos. En Pascua, un huevo de colores. Para su cumpleaños, el 4 de junio, un signo que decía "Felicidades".

En el verano, lo embutía en una guayabera miniatura verde manzana que encontró en un comercio para perros a muy buen precio y que le sentaba que ni pintada. En Halloween lo disfrazaba de lo que le provocase ese año y en otoño lo dejaba a su aire, que una vez al año, uno tiene que hacer de su capa un sayo.

El "alma" de Artoo también evolucionó notablemente con el paso del tiempo y la pericia de Nelson. Le añadió baterías adicionales para que pudiese funcionar por horas seguidas y le transplantó los circuitos de una aspiradora robot Roomba, que se sirve de algoritmos de inteligencia artificial para caminar, contando con diferentes sensores para desplazarse sin problemas por todas las habitaciones y alrededor de muebles. También podía, con este implante del aspirador, delimitar paredes virtuales a partir de las cuales Artoo no caminaba. Si hay escaleras, tampoco hay problemas pues sus sensores son capaces de detectar el desnivel y no precipitarse por las mismas.

A tenor del vestuario, también surgía el vocabulario, tras trabajarse a fondo el sistema acústico de Artoo que, de fábrica, venía con media docena de frases sin sustancia. Ahora su compañero de piso hablaba que ni Aristóteles y Groucho Marx combinados. Aparte de las consabidas frases estacionales como "Feliz cumpleaños" o "Feliz Navidad", su léxico era casi enciclopédico y multilingüe. Igual decía "que te parta un rayo" en español, inglés y francés que "no me toques las bolas" en chino, japonés y coreano o "tremendo mangón" y "me provoca una Miller" en diversas versiones de español.

También le había enseñado a "contestar" automáticamente a ciertas preguntas, al tener software de reconocimiento de voz y una gran programación realizada por Teo, a quien le dijo que lo necesitaba para cierta vigilancia. Una grabadora atesoraba así mismo toda una colección de canciones que Artoo entonaba al buen tun tun o a petición.

De colofón, le había instalado una cámara grabadora completísima de vigilancia de imagen y sonido que enchufaba cada vez que dejaba su apartamento. Artoo se paseaba de guardia por sus dominios durante todo el día, grabando la nada hasta el regreso de su amo. Mientras tanto, se entretenía largando al espacio sideral chorradas aleatorias con su voz digital, vocalizando coplas para un público inexistente, contando chistes oxidados a nadie y soltando sonoros pedos, eructos y estornudos para la posteridad. Eso sí, después de cada gracia, se reía él solo con carcajadas cibernéticas.

—Hola, jefe—le saludó su compañero de piso al entrar en el cuarto de invitados.

—¿Qué onda, Artoo?

—Me provoca una Miller.

—Me has leído la mente.

Dio media vuelta y, seguido por su compay, se agarró una Miller de la refrigeradora, que poco más albergaba aparte de cerveza, y regresó a su santuario bajo la atenta mirada de Artoo.

Sentado en su sillón cutre y cómodo, sin tan siquiera encender una lámpara, en la oscuridad, comenzó a cavilar. Nada tenía sentido, pero todo debe tenerlo y, en caso de confusión absoluta, como en la que se encontraba en esta ocasión, la premisa con más sentido dentro de las sin sentido debía ser la correcta, hasta que apareciese nueva información.

Nelson siempre discurría de forma lineal y organizada, no muy distinto a como montaba sus instalaciones eléctricas. Primero este clavo, luego ese tornillo, sigue aquel cable . . . Si no se sigue el orden establecido y no se completa el circuito en esa disposición, al darle al interruptor, el bombillo no alumbra.

Premisa 1: Alguien había entrado en casa de Genoveva, revuelto todo menos el despacho de Ernesto. Aparentemente, no se llevaron nada de valor.

Conclusión: Los intrusos no eran cacos. El objetivo no era robar. En todo caso, buscaban "algo" aún desconocido. O su fin era revolver la casa y destacar el despacho sin tocar. El despacho era importante.

Tarea: Volver al despacho a analizarlo de nuevo.

Premisa 2: Secuestran al can y lo llevan a un domicilio desconocido y seguro, donde dispone de comida y agua y el único objeto es un óleo que reproduce una foto del despacho de Ernesto.

Conclusión: No querían hacer daño al bicho, solo atraer a esta casa al que le estuviese siguiendo el rastro y que encontrase el cuadrito.

Tarea: Investigar la casa de Homestead y el propietario. La línea telefónica tenía su explicación: la necesitaban activa para el Pet Alert. Investigar a nombre de quién estaba contratada. El cuadrito, analizarlo a fondo y compararlo con la foto gemela del despacho. Todo le conminaba a regresar al despacho de Ernesto.

Premisa 3: Todo sucede simultáneamente. Se muere Ernesto, aparece una supuesta viuda de la que nadie supo nunca nada, entran en casa de Genoveva, secuestran al perro . . .

Conclusión: Nada es casualidad en esta vida. Aparte de eso, ni puta idea de la relación entre una cosa y la otra.

Tarea: Seguir investigando hasta llegar a conclusión.

Satisfecho consigo mismo, apuntó todo en su cuaderno y se terminó la cerveza.

—Artoo, ¿otra Miller?

Artoo eructó, como cada vez que escuchaba "otra Miller" y se carcajeó con toda la fuerza que sus bytes le permitían.

—Tremendo mangón la Genoveva.

—Tremendo mangón —cacareó Artoo.

—¿Estás cansado?

—Dos horas, cuatro minutos y tres segundos de batería.

—Yo sí que estoy bajo de pilas.

—Me provoca una Miller.

—No gracias, Artoo. Ya tomé una. Una buena hembra es lo que me provocaría.

—Tremendo mangón.

—Sí, un tremendo mangón no estaría mal, pero vete a buscarlo ahora.

—¿Busca? ¿Instrucción correcta?

—¡Busca!

Esta orden provocaba como una enajenación de cortocircuito en Artoo, que se ponía a girar como un trompo, mientras gritaba agudo y de seguido, como un marica a punto de ser atacado, para bien, por un batallón de legionarios romanos con sus lanzas enhiestas y pectorales de acero.

—¡Alto!

Artoo paró en seco.

—Ya estarás cansado, Artoo.

—A la cama.

Nelson se dirigió al dormitorio, seguido por Artoo que le esperó pacientemente mientras se duchaba, aseaba y acostaba.

—A dormir.

—¿Una canción?

—Hoy no, Artoo, que estoy cansado.

—A la cama.

—Buenas noches, Artoo.

—Buenas noches, jefe.

—Desconecta y carga.

Silenciosamente, mientras Nelson apagaba la lámpara de la mesilla, Artoo salió del dormitorio, se dirigió al cuarto de invitados, se enchufó en su placa de carga eléctrica y se desconectó.

"¿Soñarán los robots?", se preguntó Nelson. "Al fin y al cabo, sus circuitos, como nuestro cerebro, no son mas que una colección de impulsos eléctricos . . ." fue su último pensamiento antes de quedarse dormido como un lirón, tras tirarse un sonoro y relajante eructo que ni Artoo, con todas sus dotes cibernéticas, hubiese podido igualar.

6

————

La fidelidad del miserable

Reino Animal era una clínica elegantona en un centro comercial bastante decente de la Bird Road, justo enfrente de una de las entradas a Coral Gables. Con musiquilla de ambiente y olor a desinfectante, le recibió José Amilibia en la recepción. Pelado de coco, buenos pectorales —en el maco se practican mucho los ejercicios abdominales— y oscuro de piel, lucía un arete en la oreja derecha y diversos brazaletes de colorines en la muñeca izquierda, más un anillo de sello de oro que parecía bueno.

Ya estaban avisados por la señora Rocamador. No faltaba más. Lo que hiciese falta. Adela estaba atendiendo a un paciente. En un minutito lo atendía a él. Tomó asiento junto a una obesa cincuentona con un bicho chillón y peludo en el regazo que le miró con muy malas pulgas.

—Tiene un poco de mal carácter, pero no se preocupe, mi Lissette es muy buena —comentó la gorda, tratando de entablar conversación, mientras acariciaba al animal.

—Ya.

Tras un espeso silencio, la ballena volvió a la carga.

—¿Y usted es de perros o gatos?

—Yo, Señora . . .

Le interrumpió el celular antes de terminar la frase "soy de Hialeah y allí a los bichos como el suyo nos los almorzamos".

—Disculpe —terminó, levantándose y saliendo a la acera a contestar la llamada. Era Teo.

—¿Dónde te has metido? ¿Cuándo coño recoges al can?

—Estoy ocupado. Paso en un rato. ¿La has sacado a cagar?

—A cagar, a mear y me ha dado la noche padre. No he podido pegar ojo.

—No te berrees. Luego te echas una siesta.

—Apremia.

Adela era una medio morena de unos 35 años; atractiva, con aires intelectuales, mirada huidiza, sonrisa de cumplido y poca cosa más para su gusto, un tanto ternilla, nada que llevarse a la boca.

—Nelson Montero —se presentó, ofreciéndole la mano.

—Adela Amilibia —contestó, estrechándosela con flaccidez.

Nelson le notó cierto temblor y la palma muy sudada. Camino del despacho de la doctora, se limpió disimuladamente la mano en el pantalón.

—Pobre Ernesto, ¿verdad? —comentó el tornillo.

—Que en paz descanse.

—Dígame usted.

—Deduzco que conoce usted la situación.

—Sí, y no me la creo. Ernesto es . . . era el hombre más bueno que he conocido. Le estaré eternamente agradecida.

—Estamos hablando de algo que sucedió antes de que usted comenzase a trabajar con el señor Rocamador.

—Yo . . . no creo que una persona cambie así de repente. ¿No cree usted? —señaló Adela un tanto titubeante—. Además uno a veces comete sus errores, pero puede arrepentirse, ¿No cree usted?

La niña se estaba poniendo nerviosa por momentos. Nelson apuntó mentalmente la necesidad de investigarla; y al hermanito.

—Recibe usted una generosa herencia del difunto.

Adela se puso colorada.

—Oiga. No es lo que usted está pensando. Ernesto ha sido como un padre para mi hermano y para mí. Hable con la señora Rocamador. Ella está al tanto de todo . . . si hubiese algún problema . . . yo . . .

—Necesitaré acceso a la computadora y a los papeles de la clínica —interrumpió su balbuceo Nelson.

—Sí, sí . . . está todo un tanto revuelto desde que falta Ernesto, pero puede usted fisgar lo que quiera —le contestó ya de mal humor la doctora.

—Yo no fisgo. Investigo, Señorita.

—Investigue, investigue usted —dijo Adela con retintín—. Si me disculpa, lo dejo "investigando". Tengo trabajo —terminó, y se fue dando un portazo.

"Este grillo esconde algo, como que me llamo Nelson".

Se sentó a la computadora y llamó a Teo.

—¿Arrancas o qué? —le contestó malhumorado Teo, mientras se escuchaba al teléfono, de fondo, los ladridos de Elba.

—Date un poco de lija. Arribo en un santiamén. Estoy

63

sentado a la computadora del trabajo del difunto. Dime que manipulo para darte acceso y me descargas. Me escarbas también a Adela y José Amilibia, hermanitos, aunque deben ser de distinto padre, porque no se parecen ni en lo blanco del ojo.

Mientras duraba la descarga, Nelson se entretuvo mirando libros, papeles, fotos, expedientes. Así a simple vista, poco que rascar. No creía que el señor Rocamador se estuviese brincando al pestillo de la Adela, teniendo en cuenta la tita que tenía en casa, pero nunca se sabe. Uno a veces también se aburre de tanta carne de res y de vez en cuando le provoca un arroz con suerte, para variar.

Terminado el trabajo y la descarga, se abrió para casa de Teo. La flaca "estaba ocupada" con un paciente y no salió a despedirse. El conserje de los bíceps le sonrió descaradamente de oreja a oreja, cordialidad que su mirada desmentía con chulería. Este no se arrugaba. Normal. La escuela de la calle y el trullo lo dejan a uno muy bien planchado, con almidón y todo. Si hubiese que romper a alguien, comenzaría por el cri cri. Al empachao este, primero tenía que buscarle el punto flojo para hincarle el diente, entonces se lo iba a zampar como el Lobo a Caperucita, de un bocado.

Elba le saltó al regazo nada más abrirse la puerta del apartamento de Teo.

—¡Qué mal educado tienes al can!

Teo le miró con ojos asesinos.

—Voy armado, compadre. ¿Algo nuevo?

—Mucho.

—Canta.

—Ni hablar. Te llevas al chucho y regresas.

—¿Y por qué tengo que hacer dos viajes?

—Me da igual que la tengas más grande o que me balees aquí mismo. A veces es mejor morir que soportar la vida. No aguanto más al perro.

—Es perra.

—Como si es bujarrón.

—Estás soplao. Tumba catao y pon quinqué. Vuelvo en un fua —contestó Nelson, cargando la podenca y la computadora para devolvérsela a Genoveva. Teo le cerró la puerta en las narices por si se arrepentía.

Cargadito llegó Nelson a casa del bombón. Se la encontró en el jardín, regando. El chucho aceleró hacía ella como un descosido, nada más abrir la puerta del auto. Genoveva se deshizo en lágrimas ante Elba. Nelson casi estaba conmovido ante la escena.

La señora de Rocamador se le acercó y le dio un fuerte abrazo. Nelson respiró el olor de su melena, sintió el calor de su piel . . .

—¡No sé como agradecérselo!

Puestos a pensar, Nelson conocía una docena de posiciones de agradecimiento.

—No tiene usted . . .

Genoveva se apartó, retocándose el pelo y limpiándose las manos manchadas de tierra en la camiseta.

—Perdone usted que le reciba así, de faena, pero me ocupo en el jardín, tratando de distraer la mente, aunque no me ayuda demasiado. Este era el santuario de Ernesto. Se pasaba la vida cuidando sus queridas orquídeas. Yo no tengo mano . . .—comentó Genoveva con tristeza, sin poder terminar la frase.

—Están muy bellas —replicó Nelson, embelesado en los tersos muslos de la florista, embutidos en un pantaloncito corto de lo más interesante, en lugar de soltar lo que realmente estaba pensando: "Está usted para comérsela a bocados".

—No sé. La jardinería no es lo mío. Fíjese en esta —le señaló Genoveva, acercándole a una bellísima orquídea— es la Rhynchostylis Gigantea, la favorita de Ernesto.

—Con todos mis respetos, vaya nombrecito.

—Se conoce vulgarmente como "foxtail".

—Más llevadero.

—Perdone que le entretenga tanto con mis recuerdos, con lo ocupado que debe estar usted. Pase, pase, ¿Le ofrezco un café?

—Con gusto.

Nelson estuvo disfrutando de la estela perfumada que Genoveva dejó detrás, acomodado en el sofá del salón, mientras ella trajinaba en la cocina. Al rato regresó con el café y unas galleticas.

—¡Cuénteme! ¿Donde encontró a mi niña?

Nelson no quería adelantar acontecimientos. De no necesitar información del cliente, le gustaba presentar el caso cerrado. Y, además, no deseaba darle todavía ningún disgusto al caramelito.

—Puse a funcionar a unos cuantos catalejos por el barrio. No andaba muy lejos.

—¡Pobrecita! Seguro que está muerta de hambre —contestó Genoveva, acariciando a Elba que no se separaba de su lado.

—Le di de comer.

—¡Es usted un ángel!

Nelson casi se pone colorado.

—Necesitaría darle otra pasada al despacho de su esposo, si no tiene inconveniente.

—¿Alguna pista?

—Todavía no, pero podría ser.

Salió al auto, regresó con el equipamiento que iba a necesitar y se encerró en el despacho. Dejó la computadora de Ernesto donde la encontró, fotografió uno por uno la tremenda caterva de retratos y filmó el despacho a 360 grados, plasmando en alta resolución hasta las motas de polvo.

Se despidió con gran pena de la señora Rocamador y se piró para el caracol de Teo.

—¡Más madera, que esto es la guerra!—le dijo a Teo al entrar y entregarle las cámaras de vídeo y fotografía, que prontamente enchufó a su equipo para reproducir.

Teo se encontraba ya más animado tras la marcha del chucho y le ofreció su consabida copita de ron, mientras esperaban a que la máquina terminase la copia.

Cada vez que se sentaban frente al licor, recordaban viejos tiempos y sobre todo el "gran cuento", suceso compartido tras trabajar codo con codo en un complicado caso que resolvieron con tremendo éxito. El cliente, muy satisfecho, les regaló una botella de ron Edmundo Dantés Gran Reserva 25 años, uno de los rones de lujo más apreciados en Cuba y difíciles de conseguir fuera de la isla.

Conocido como el ron del Conde de Montecristo, canta mil quinientos billetes como mínimo, el licor es de pinga y la botella de porcelana azulada, decorada con oro de 24 kilates, patena. Teo se puso tan nervioso al ir a servirlo, que se le resbaló la joya malaya y se estrelló en el piso. Un silencio de tumba recibió semejante hecatombe. Los dos contemplaban, Teo a punto de inmolarse, el creciente charco ambarino que se extendía entre trocitos de porcelana azul y reflejos dorados que, como las rocas del mar, reconducían el líquido en todas direcciones.

Nelson resolvió como corresponde ante circunstancias tan apremiantes: sacó el pañuelo del bolsillo, lo empapó en el ron y se lo escurrió en la boca. El siguiente turno, para Teo. Como no era cuestión de desaprovechar el ron y no tenían opción, dejaron el piso impecable.

—Hay que ser creativo —contestó entonces Nelson a los abrazos que le daba un agradecido de por vida y beodo Teo, antes de que ambos pasaran a dormirla.

—Estuviste grandioso —recordaba ahora Teo, tras terminarse la copita.

—Que me ruborizo.

—¡Venga ya!

—Ala, manos a la obra —concluyó Nelson, parándose.

—No sé ni por donde empezar.

—Sorpréndeme.

—La chabola de Homestead, teléfono, impuestos, está todo corriente de pago.

—¿Y?, ¿A nombre de quién, si puede saberse?

—Ernesto Rocamador.

—¿El fiambre?

—Diría que el mismo que viste y calza, si no nos hubiese dejado.

—¿De dónde se cotizaba?

—Todo desde la cuenta de la clínica. La casa está registrada como albergue de perros.

—¿Los hermanitos Amilibia?

—No figuran en la propiedad y no son parientes de sangre.

—Obvio.

—Los dos adoptados del sistema por los mismos padres. La niña bonita estudió veterinaria con beca. El hermanito no tanto. Pasó por el reformatorio una temporada corta, siendo menor de edad, por agresión. Al salir, la doctora, que ya trabajaba en la clínica, se lo llevó a vivir con ella, le pagó los estudios de asistente veterinario y lo enchufó. Desde entonces, impecable.

—¿Y el cuadrito?

—Copia exacta de la foto que me entregaste del despacho del difunto.

—¿Nada más?

—Mucho.

—Oye, suelta todo de seguido. Hay que sacarte las palabras con sacacorchos.

—Es más excitante.

—No me excites tanto que se me para.

—Es un óleo original. El pintamonas no es tan malo. Lleva las iniciales FS y tiene truco.

—Ya la tengo parada de tanta intriga y voy a tener que desahogarme con el primero que agarre.

—Poco lustre que tienes. La saqué del marquito y detrás lleva una frase escrita.

Nelson hizo amago de atacar a Teo.

—Ya va: "La zorra por la cola".

—¿Eso es todo?

—Ahora sí.

Un zumbido procedente de la computadora interrumpió su animada conversación.

—¿Ya está listo el vídeo del despacho del difunto y las fotos?

—*Yes, my friend* —contestó Teo, sentándose frente a la pantalla para abrir las carpetas.

—¿Hay algún retrato del veterinario con una zorra?

—No —dijo Teo, tras un buen rato analizando las fotos.

—Carajo, tiene un zoológio en casa y no hay una triste zorra.

—¿Algo en la computadora de la clínica?

—Nada que reportar.

—Sigue investigándome a los fraternales Amilibia. Cuentas bancarias, movimientos de los últimos meses, hasta el primer biberón. Por mucho que el veterinario fuese el dueño del chamizo, si no ha resucitado, alguien tuvo que agarrar al can y llevarlo para allá. Y ese debe de estar vivito y coleando.

—Y del difunto, ¿algo que rascar?

—Los más de veinte años en Miami impecables. Llegó titulado veterinario por la Facultad de Medicina Veterinaria y Zootecnia de la UNAM, la Universidad Nacional Autónoma de México en el Distrito Federal.

—¿Has comprobado el título?

—Estoy en ello. En México es más complicada la pega; no suelen tener la documentación informatizada. Con estos países subdesarrollados no hay manera de poder trabajar como Dios manda. ¿Sigo si no me interrumpes?

—Hostígame con tu sabiduría.

—Según los informes de la Universidad de Florida en Gainesville, que en este país sí que estamos bien informatizados y el trabajo es un coser y cantar, el difunto llegó recomendadísimo en el año 1986 para realizar una especialización retribuida sobre grandes mamíferos. Se consiguió la beca porque terminó el primero de su clase en la UNAM. Un Abelardito. En Gainesville estuvo cuatro años hincando los codos, terminó también la tesis doctoral trabajando en el parque Animal Kingdom de Disney en Orlando, consiguió los papeles de residente y en 1990 se estableció en Miami, abrió la clínica, comenzó a hacerse su hueco . . .

—Ya. El resto ya me lo conozco.

—Mira que eres desagradecido.

—Necesito información de antes de esas fechas. El supuesto bodorrio con la Marrero data de 1975.

—Repito para los sordos: eres un afortunado si consigues hablar de seguido por teléfono con México y se considera un milagro que una carta llegue a su destinatario. Las computadoras, la informatización y la red de alta velocidad, así como las bases de datos, sólo aparecen en las películas de ciencia ficción.

—Veo que vamos a tener que viajar al sur.

—¿Por qué hablas en plural?

—Axiomático.

—Conmigo no cuentes.

—¿Por qué?

—Porque no me da la gana.

Y Nelson no lo sacó de ahí. Por supuesto, Teo jamás le dijo a nadie que nunca voló en avión y que no tenía intención de hacerlo en su vida; le daba pavor.

— Bueno. Infórmame cuando sepas algo más de los Amilibia. Me piro.

—Con viento fresco.

Nelson decidió acercarse a la funeraria. No se puede dejar ni un detalle sin trabajar. Alguien llevó el can a la casa de Homestead propiedad del difunto, que tuvo buen cuidado en mantenerla secreta. Aquí cabían dos posibilidades: que el doctor veterinario tuviese un cómplice, la más probable, o que el fiambre no lo estuviese tanto y, por razones desconocidas todavía, le hubiese dado gato por liebre a la parca. Él trabajó un caso en el que el muerto no era tal sino otro; claro que aquel estaba bien tostadito como para un reconocimiento inicial. El listillo quería desaparecer con el guano, dando esquinazo a la legal y a hacienda. Llamó a Genoveva para solicitar su permiso y que avisase a la funeraria de su inminente visita.

—¿Sigue usted alguna pista?

—Genoveva, ¿usted confía en mí?

—Por supuesto, Nelson. Le estaré eternamente agradecida por haberme devuelto a Elba.

Nelson, como siempre le ocurría con esta señora, se calló lo que pensaba sobre las mil maneras de agradecimiento que le ocurrían así, a botepronto.

—Le prometo que en cuanto tenga algo sólido me comunico.

—Gracias. Ahora mismo llamo a la funeraria. Déle recuerdos de mi parte a mi querido Ernesto, por favor.

"Sólo me faltaba hablar con los muertos", pensó al colgar.

⸺⸺

Un petimetre trajeado, que parecía salido de una película en blanco y negro, le recibió a todo bombo y platillo.

—Las ordenes de la señora Rocamador son mis ordenes—le saludó el pomposo embalsamador, estrechándole la mano y conduciéndole a la cámara refrigeradora.

—Pues ya somos dos.

Ernesto era Ernesto, de eso no cabía la menor duda, solo que con más pelo, bastante más que en las fotos que Nelson había visto donde aparecía clareado de sienes y aireado de coronilla.

—¿Le ha puesto usted peluquín al difunto?

—Perdone, señor Montero, aquí no hay difuntos.

—¿No es esto una funeraria?

—Quiero decir que son seres humanos con nombres y apellidos, por mucho que hayan pasado a mejor vida. Como mucho se les puede generalizar como interfectos.

—Repito con corrección: ¿Le ha puesto usted peluquín al usuario? —replicó con sorna al atildado.

—No. Pasó la peluquera para atusárselo un poco, pero le diré un secreto. Ernesto nunca me lo dijo, pero yo sé que se hizo transplante de pelo.

—¿Y por qué lo sabe usted?

—Hombre, porque somos amigos y, de tener la coronilla más que clareada, pasó a esta cuasi melena que puede apreciar.

—¿Hace mucho tiempo que conoce usted al dif . . . quiero decir al señor que ha pasado a mejor vida?

—Casi diez años. Un caballero donde los haya. Todo esto que dicen ahora, puras calumnias.

—¿Y de qué se conocen?

—Nos conocimos en una feria de orquídeas en los Jardines Botánicos de Fairchild.

—¿Usted también es aficionado a las plantas? —soltó Nelson, pensando en la gente tan rara que hay por este mundo.

—A las orquídeas, a las orquídeas, no a cualquier flor. La reina de las reinas. Hicimos migas a la primera. Fíjese que Ernesto y yo tenemos la misma orquídea favorita, la Rhyncho . . .

—Ya me lo comentó la señora Rocamador, la "foxtail" para

los lerdos en jardinería como yo —le cortó el rollo Nelson, que ya estaba harto de tanta horticultura.

—Eso, la "cola de zorro".

—¿Cómo ha dicho usted?

—Lo mismo que usted, "cola de zorro", "foxtail" en inglés.

—Cola de zorro . . . cola de zorro . . .

—¿Está usted bien? A veces a uno no le parece, pero las funerarias le causan impresión.

—Estoy bien, gracias, gracias. ¿Dónde se consiguen esas plantas? —balbució Nelson.

—Solamente en el Jardín Botánico Fairchild.

—¿Podría dejarme un momentito a solas con el interfecto?

—Está muy bien que desee presentar sus respetos a Ernesto en privado. Es usted un caballero. Por favor, no toque nada.

—Ni se me ocurre —contestó con aplomo Nelson, que no pensaba poner un dedo encima del fiambre ni por casualidad.

Con bastante repelús y mirando para todos los lados por si alguien fuese a verle, cosa poco improbable en una funeraria, se acercó a la oreja del fallecido y le musitó, casi inaudiblemente:

—Ernesto, recuerdos de Genoveva.

Salió muy dignamente a despedirse del taxidermista.

—Señor Montero.

—Dígame usted.

—¿Usted sabe jugar al mus?

—No. ¿Qué juego es ese?

—Es un juego de cartas español. Yo le enseñé a jugar a Ernesto y nos reunimos todos los jueves en Tapas Diego. Se necesitan cuatro jugadores, ya que se juega en parejas. Ernesto era mi compañero y será difícil ocupar su puesto, pero usted me ha parecido muy distinguido, digno de tal honor.

—Me abruma usted, caballero.

—Nada. Si le interesa, pásese el próximo jueves.

7

Un león con pijama a rayas

Para las 9 de la mañana estaba en los Jardines Tropicales Botánicos de Fairchild, localizados en el sur de Coral Gables. Con el programita en la mano, vio que el primer tour en camioneta abierta se realizaba a las 10. Era el mejor, prácticamente nadie de compañía. Se daría un garbeo general para localizar los puntos de su interés y, luego, manos a la obra.

Entre otras maravillas botánicas, contaba el guía voluntario nonagenario de la camioneta a él y a una pareja de momias, Fairchild cuenta con la colección de palmeras más grande y variada del mundo. Bueno es saberlo. Para qué servía este dato y su aplicación práctica, una incógnita. Se enteró también de que se celebraban varios festivales a lo largo del año, como el del Mango y el del Chocolate y que el señor David Fairchild (1869–1954), fundador del parque, fue un gran explorador que se recorrió el mundo buscando plantas de todo tipo.

"Hay gente para todo", pensó.

Durante la visita guiada y motorizada, se concentró en todo lo que llevase la palabra "orquídea". Existía la tienda donde se vendían orquídeas naturales y artificiales y adornos a base de orquídeas, como pins, broches, posavasos, calendarios. Por no hablar de los variados jardines con orquídeas, al aire libre o en invernadero. Ochenta y tres inmensos acres plagados de vegetación para localizar un cuadrito tamaño bolsillo, que Nelson suponía estaba allí.

El día anterior, nada más dejar el mortuorio "sin muertos", llamó a Teo.

—¿Qué se te ofrece, ahora?

—Mírame si en alguna de las fotos el doctor veterinario aparece con una flor.

—Primero, me agradeces el tremendo trabajo que te portaste ingratamente.

—¿Gracias?

—Algo un poco más inspirado.

—¿Muchas gracias?

—Necesito mayor estímulo.

Nelson estaba perdiendo la paciencia. Como se acercase, le iba a estimular bien estimulado. Respiró hondo.

—Te aumento el billete, venga.

—No todo en este mundo se puede comprar. A veces uno necesita que le masajeen el ego.

—¿Cuántos ron llevas hoy?

—Nelson, dale.

—Eres un pastilla de pinga.

—Un poco más.

—No tientes mis límites.

—Hay tres.

—¿Cómo son las flores?

—Yo que coño sé . . . flores.

—Okay. Estate con el fono alerta. Te mandaré una foto y me la comparas con las de los retratos.

El busito acababa de pararse junto a uno de los invernaderos de orquídeas. Preguntó a la momia de guía si allí había una "foxtail".

—¿Una qué?

—Rhynchosty . . . —intentó leer el galimatías de nombre en el cuaderno donde lo llevaba apuntado.

—¡Ah! Hombre. Haberlo dicho, la Rhynchostylis Gigantea.

—La misma que viste y calza.

—En la siguiente parada. Me alegra que sea usted un admirador de las orquídeas. ¿Sabía usted que las orquídeas son la especie . . . ? —se animó el abuelo tras la pregunta, pensando que había encontrado un jardinero.

Aguantó la verborrea horticultural cinco minutos más, hasta llegar al próximo invernadero, y brincó de la camioneta.

—¿No prosigue usted el tour?

—Es que quiero deleitarme con la orquídea esa.

—Hace usted bien. No recibimos muchas visitas con su sensibilidad.

Vio alejarse el bus con alivio y un inminente dolor de cabeza. Localizó la flor, la fotografió y envió el retrato a Teo. Mientras esperaba la respuesta, paseó arriba y abajo por el recinto, comenzando a sudar debido a la humedad controlada del invernadero, hasta que se topó con el cuadrito. Allí estaba Ernesto, con la flor agarrada en su mano derecha. No se lo esperaba tan fácil.

—Teo, te mando reproducción del cuadrito, a ver si coincide con la foto.

En menos de un minuto, Teo le contestó: —Negativo.

—¿Y eso?

—En la foto del despacho, el veterinario tiene la planta en la mano izquierda. En la que has mandado, la tiene en la derecha. Además es como más rosada.

Su intuición no le falló; lo que parece sencillo a primera vista nunca lo es.

—Vale, una descartada. ¿Y la otra foto tiene alguna característica especial?

—La otra no es una foxtail.

—Algo es algo.

Tres horas después de transitarse todos los invernaderos y la tienda de arriba abajo, nada. Decidió darse un respiro. Se dirigió caminando al salón de te y ante la puerta se quedó clavado; "Salón de Te de la Orquídea", leía el cartel.

Tras recorrer con la vista el local, dio con el cuadrito colgado en una de las paredes. Era este sin duda alguna. El veterinario tenía la flor en la mano izquierda y la flor lucia rosada. Siendo ya la hora del almuerzo, el café estaba bastante concurrido. Complicada la pega de llegar hasta el objetivo, desmontarlo y mirar el anverso. Se pidió un te y se sentó a recapitular. Llamó a Teo.

—¿Puedes hacer saltar la alarma de incendios en Fairchild?

—Con gusto.

—¿Cuánto tardas?

—Una media hora.

—Bien, así me tomo el té, que lo tengo pagado.

—¿Ahora tomas té? Últimamente estás desconocido.

—Ambientoso.

Tras veinte minutos de aguado aburrimiento, hizo mutis por el foro hasta los baños y allí se quedó hasta que escuchó la sirena y el desalojo. Enganchó el cuadrito firmado con las mismas iniciales FS, regresó al servicio, lo desmontó, apuntó el texto en su cuaderno, volvió a montarlo malamente y lo regresó a su lugar. Quedó un tanto descompuesto, pero bueno... para cuando se diesen cuenta, el menda ya habría volado bajito.

Media hora después se encontraba tomando su ron con Teo.

—Resulta que en este cuadro hay dos refranes —comunicó Nelson.

—A ver.

—"Hijo de tigre, rayado tiene que ser", y "No es el león tan fiero como lo pintan".

—Entonces, ¿Buscamos tigres o leones?

—¿Qué hay en la galería fotográfica?

—Una de león y dos de tigres.

—Vamos dados.

—Será cuestión de ir descartando, ¿No?

—Me temo.

—Esto se pone interesante. Como el Código da Vinci.

—¿Cuál código es ese?

—Un libro superventas en el que el detective sigue una serie de pistas. Muy bueno.

—No leo memeces.

—Deberías culturizarte.

—Y tú, ¿desde cuando lees? No veo mucha página en el entorno —dijo con sorna Nelson, recorriendo con la mirada una sala desprovista de un solo libro.

—Los tomo prestados en la biblioteca. Y siempre me ha gustado leer, para que lo sepas.

—No tenía conocimiento. Volvamos al negocio, porque sino vamos a estar aquí hasta el día del juicio.

—El Apocalipsis, dicho con corrección.

—¿Versado en la Biblia también?

—La biblioteca de la chirona estaba un tanto desprovista, con excepción del venerable libro.

—Cuatro años de lectura consagrada dan para mucho.

—Tres con reducción de pena. Y no todo fueron los evangelios. También me leí de cabo a rabo el otro libro de la biblioteca, uno de refranes. Me los conozco todos. "Ave que vuela a la cazuela"; "Al que madruga Dios le ayuda" . . .

—Yo también me sé un proverbio —le interrumpió Nelson.

—¿Ah sí?

—"Deja tanto refrán y empieza a buscar el pan".

—¿Aparte de lo tuyo y el bollo, te ocupas de algo más?

—¿De qué más hay que ocuparse? Me conozco algunos chistes también, si te vale como quehacer.

—Chavacán.

—No te pongas cheche. Mírame los bichos y apura. Chao pescao.

———————

Nelson decidió pasarse por la comisaría de Coral Gables a darle betún a uno de sus contactos y ponerse al día sobre las novedades de la intrusión en casa de Genoveva. El que fuese que entró estaba cumpliendo una misión concreta. Su razonamiento siempre era lineal y sencillo, el que mejor le cuadraba.

La gente tiende a complicar las cosas una barbaridad y, sobre todo, a hablar más de la cuenta. Lo que se platica se embrolla más y más. Todo se soluciona o no, pero hablarlo sólo consigue enmarañar más el asunto y no cambia lo que vaya a suceder. Y todo hijo de vecino tiene su opinión particular que defiende con uñas y dientes. Cada cual habla de la feria tal como le ha ido en ella. Cuando se encontraba a alguno de esos que le gustaba tanto darle a la lengua, siempre le soltaba lo mismo, para zanjar la cuestión:

—Estoy más de acuerdo contigo que conmigo.

Se quedaban tan pensativos tratando de interpretar la frase, porque además los que más hablan son los más brutos, que se acababa la discusión.

Le informaron que su contacto estaba de patrulla, estacionado junto al parque de Salvatore, seguramente a la caza y captura de algún adoquín que no recogía la cagada del perro y así ponerle una sanción, porque poco más sucedía en este barrio residencial, tranquilo como un camposanto.

El azulejo se alegró tremendamente de verlo.

—¡Tigre! —le saludó adormilado desde el auto patrulla, cuando aparcó a su lado.

—¿Cómo va la jornada?

—Hay alguna mamá de buen ver —comentó el agente, mirando de reojo a varias dueñas que empujaban a sus chamacos en los columpios del parque, con cara de aburrimiento total.

—¿Qué tal la doña?

—Jodiendo.

—¿Y el chaval en el colegio?

—Tirando. Oye, gracias por la recomendación del abogado gordo para conseguirle la plaza.

—Nada. Hoy por ti, mañana por mí. ¿Alguna novedad en la intrusión de la residencia Rocamador?

—¿Llevas el caso?

—Hay que ganarse el pan.

—Poca cosa. Sin robo, se ha rebajado la prioridad.

—¿Huellas dactilares?

—No.

—¿No me reportas nada?

—Creo que las cámaras de seguridad del vecino de enfrente captaron al chorizo aparcando, pero la calidad del vídeo no da para mucho. Por lo que comentaron, no hay manera de ver la placa. Y el randa llevaba una visera atravesada.

—¿Se puede echar un vistazo a la imagen?

—Se la pueden soltar al denunciante.

—Gracias. *Arrivederci*. Siempre me tienes a la orden.

No le convenía levantar mucho la liebre en comisaría. Tenía buenos trompetas allí, pero el mandamás no lo apreciaba mucho. Cualquier filtración que no pasase por su mano, no le gustaba nada. Por mucha lubricación que se le diese al ex marine, disparaba a matar como si siguiese en Afganistán. Además, el orangután no le iba a dejar sacar una copia para analizarla con Teo y, así a ojo, con su aliento pegado en el cogote, no iba a poder dilucidar *niente*.

Seguramente el vecino guardaba copia. Llamó a Genoveva y se fue directamente para allá. Le recibió una belleza embutida en unos jeans y una camisetita, con el pelo aún húmedo de la ducha, una jovencita, que le conminó a caminar a casa del vecino. "¡Qué trasero, Dios mío!", pensaba Nelson, que casi se empotra contra una farola por el camino.

El amable vecino quemaba una copia para Genoveva ahora mismo, no faltaba más; tenía todo el tiempo del mundo disponible para ayudarla en lo que hiciese falta en estas penosas circunstancias, además de una mirada de baboso y una malencarada y rolliza esposa de muy mal ver.

—Genoveva, ya sabes que lo que necesites. Estamos aquí para lo que quieras —le repitió el bofe, mientras le alcanzaba el registro y no le soltaba la mano.

—Gracias, padre —contestó Nelson, agarrando la grabación de la mano del embelesado y rompiendo la unión de manos con Genoveva.

—¿Usted perdone? —replicó el vecino un tanto agresivo, poniéndose a la defensiva.

—Nada que perdonar. La señora en estas circunstancias necesita reposo. Mejor le dejamos tranquilamente que disfrute en compañía de su esposa —contestó con gran sorna Nelson.

Dejaron al vecino a punto de estallar y caminaron de vuelta a casa de Genoveva.

—Nelson, ha estado usted un tanto desalmado.

—Lo siento de veras —contestó un apenado Nelson.

—No se preocupe —terminó Genoveva con una sonrisa— la esposa me cae muy gorda.

—¿Y a quién no?

—¿Le prueba un cafelito?

—¿Y a quién no?

Entre risas entraron a la casa que olía . . . a Genoveva.

Ya que estaba allí, decidió sonsacar a la dama sin ponerla al tanto mientras tomaban el café.

—Su esposo era muy valiente.

—Gracias, Nelson —contestó Genoveva, muy emocionada.

—Eso de tratar tigres y leones no lo hace cualquiera.

—Era su profesión. Decía que los animales son más agradecidos que las personas.

—Totalmente de acuerdo. El señor Rocamador era, además, inteligente.

Se calló eso de que solamente verla a ella ya se adivinaba un marido avispado. Para conseguir y mantener una mujer así, hacen falta muchas prendas. Y esas no las tiene cualquiera.

—¿Le gustaría que viésemos las fotos del despacho?

—Es usted un hombre de buen corazón. ¿De verdad quiere verlas? ¿No lo dirá por cumplir?

—Me gustaría mucho que me las explicase.

Genoveva, emocionada, lo condujo hasta el despacho y allí se las fue exponiendo una por una, mientras Nelson disfrutaba el sonido de su voz. Aquí Ernesto con Tomás, uno de los cocodrilos cubanos del zoológico, que tuvo que tratar porque . . . aquí con el pobre hipopótamo Nikei, que no sobrevivió la operación . . . estaba ya muy viejo . . . aquí con el león Hugo . . . aquí con el tigre Andrew . . . aquí con el liger Nagar . . .

—¿No es un tigre? —manifestó confuso Nelson, mirando la foto más de cerca.

Efectivamente parecía un tigre un poco raro, con cierta melena de león pasada por un mal fígaro, además de un tanto obeso. No se había percatado antes.

—No. Nagar es un liger, híbrido de león y tigresa.

—¿Un león a rayas?

—Podríamos definirlo así.

—¿Y eso cómo se hace?

—Es muy raro que ocurra y que el cruce sobreviva. Normalmente por inseminación artificial, pero aún y todo es tan difícil que sólo hay dos o tres ejemplares en el mundo, decía

Ernesto. Uno de ellos es Nagar, que está en el Jungle Island de Miami. De todas maneras, no pueden procrear al ser híbridos. Fíjese usted que el cruce contrario, que también se ha intentado, padre tigre y madre leona, no funciona. Todos los cachorros mueren al nacer, o poco después, y son raquíticos.

—Pues este cruce sí que marcha.

—Sí. Nagar es más grande que su padre, aunque los ligers salen a la madre. Son felinos y les gusta nadar, al contrario que a los leones. Pesa 410 kilos, un tigre con corazón de león. Una fiera donde las haya.

"Pues que bien. A ver cómo nos metemos allí", dilucidaba Nelson, ahora que comprendía el significado de los refranes encontrados detrás del cuadrito de la orquídea. "Y yo que me quejaba de tanto pasear por los jardines botánicos buscando flores . . .".

Genoveva terminó con la charla. Nelson se piró para casa de Teo, envuelto en el aroma de Genoveva y dilucidando cómo se mete uno en el territorio de un liger sin que le pegue un buen bocado.

—¿Copita? —le invitó Teo al llegar.

—Decanta. Pásame esta cinta —dijo Nelson, dándole la vigilancia del vecino de Genoveva.

Dejaron a la computadora trabajando.

—Ya sé el significado de los últimos refranes.

—Fetén. Cuenta.

—La próxima pista está en el territorio de un liger en el Jungle Island.

—Se te ha trabado la lengua; dirás un tiger.

—Desgraciadamente es un liger.

—¿Qué es un liger?

Nelson le soltó el rollo de los ligers.

—¡Qué cosas más anormales! Conmigo no cuentes —soltó Teo, retirando las copas de la mesa.

—Agradecido.

—Puedo ocuparme del funeral.

—No sé como darte las gracias por la delicadeza.

La computadora interrumpió su charla. La vigilancia estaba lista y ambos comenzaron a analizarla.

—Tu amigo el azulejo tiene razón. No se puede esclarecer mucho. Es de muy baja calidad. No hay manera de distinguir los rasgos del caco, y la matricula del perol queda fuera de cámara.

—Pásala otra vez.

A la tercera, Nelson se percató de cierto detalle.

—Amplia al sujeto.

Teo aumentó la cara sin resultados.

—Que no soy mago. Los pixels son los pixels.

—Baja y amplia el brazo.

—¿El brazo?

—Ponte un sonotone, compay. El brazo.

—Allá voy, ¿qué ves?

—Fíjate, Teo. ¿Qué te llama la atención?

—¿Qué está en forma? Se distinguen buenos bíceps. Los delincuentes se cuidan y hacen mucho ejercicio corriendo delante de los maderos.

—¿Y en la muñeca y la mano?

—Por la pinta, va cargadito de pulseras y lleva un anillo. ¿Le gusta la bisutería, al calaña?

—El forzudo de la clínica.

—¿El hermanito?

—Clavado.

—¿Denuncia?

— Todavía no. Acelera la investigación de los hermanitos. Me gustaría tener un amistoso coloquio con el boxeador. Pero primero quiero tenerlo agarrado por los cojones.

—¿Y el liger?

—Andoba, una cosa a la vez. Déjame que madure. Me piro.

—Alabado sea Dios.

8

———

Los muertos no resucitan

Decidió pasarse por la oficina que tenía abandonada. Si de normal el despacho era un desastre, hoy era su día de suerte. Se encontró la puerta forzada y todo desparramado más que de costumbre.

No se berreó. Transitó a la cocinita mugrienta que tenía en la parte trasera del despacho y puso la cafetera en el hornillo. La dependencia, enana, contaba con una puerta que daba al callejón trasero, muy bien disimulada tras unas cortinas y estanterías llenas de cacharrería. Su propósito era doble: afufarse sin dejar rastro, en caso de emergencia desde la puerta frontal, y acceder al almacén de neumáticos de un baranda, donde localizaba su archivo secreto detrás de una pila de gomas.

En la oficina sólo guardaba papeles inútiles en caso de registro oficial o no tan oficial, como el de hoy. Quién fuese que entró no encontró más que mugre y facturas sin pagar. Nunca jamás trascendió ni un pormenor de ninguna de sus investigaciones, detalle fundamental para mantener una reputación impecable con la clientela.

Rasgó un trozo de papel del rollo de cocina y mal que bien limpió la mesa, ahora que estaba despejada gracias a los cacos. Apartó el polvo hacia un lado, operación que dejó al descubierto unos manchones de mala pinta. Un día de estos tendría que adecentar este tugurio. Agarró los papeles desparramados por el piso y los colocó a la montonera encima de la mesa. Unos ficheros de poca monta regresaron a la estantería. Recolocó las sillas aventadas y se sentó.

Ubicó sus utensilios de trabajo ordenados: bolígrafo, libreta y el reloj de arena, el instrumento de mayor precisión para acallar a los bocazas. No sabía ni de donde había salido, igual estaba allí cuando le traspasaron el antro. Cuando le encontró utilidad, se sintió como debió sentirse Colón vislumbrando tierra americana por primera vez.

Comenzó por escuchar los mensajes del contestador. Entre diversas llamadas para venderle de todo y encuestas varias, le esperaban un caso de cuernos y otro de cheques sin fondos. Poca cosa. Ni contestó. Mejor se concentraba en lo que estaba haciendo; Ricky le había dado carta blanca en cuanto al presupuesto. Remitió los dos casos menores a un colega que le pagaba un corte por cada referido, y Santas Pascuas.

Los clientes potenciales que le visitaban en la oficina a veces se explayaban demasiado, especialmente los cornudos, tratando de explicarle a él lo que no podían decirse ellos mismos. En realidad sabían perfectamente los cuernos que cargaban, solo que necesitaban confirmación palpable para tragarlo.

Él sacaba sus fotos y ala, a la corte de divorcios, que mañana será otro día. ¿Qué la doña se los pone a uno? ¿Qué carajo vas a hacer? A otra cosa y a otro bollo, mariposa. Trataba de llevarlos por ese camino, pero muchos se emperraban en encontrar explicación. Los ¿por qués? son la perdición de la humanidad.

Él tuvo la suerte de comprender este patrón de supervivencia muy temprano en la vida. Solamente una mujer estudiaba electrónica en su curso, Ana Rosa Palacios, bella como una princesa y con un cerebro privilegiado, la perfección absoluta. Se enamoró nada más verla aparecer el primer día de clase. Era un pipiolo. Todavía no estaba vacunado contra ese nefasto virus.

La persiguió por tierra, mar y aire y al terminar los estudios se casaron. Cuatro años de paraíso que terminaron como el rosario de la aurora. Ana Rosa fue contratada por una empresa terciaria de seguridad y comenzó a subir como la espuma. En dos años se convirtió en la directora de seguridad de un gran banco en la Florida y le conminó a trabajar con ella.

Él seguía en Spy World con su sueldito de vendedor más comisiones y se lo pensó seriamente, pero no era su estilo depender de esos pejes gordos, trajeados de corbata, a los que hay que sonreír y lamerles las botas a cada rato. Él era un lobo solitario. Lo intentó de veras a su manera. Se sacó la licencia de detective y se estableció por su cuenta, pero los inicios no fueron muy halagüeños. Dos años después, Ana Rosa le solicitó el divorcio para casarse con un directivo del banco y se trasladó a Dallas, la central de la compañía, tras la boda y el ascenso a directora de seguridad del banco para todos los Estados Unidos.

Por varios años se torturó pensando qué podía haber hecho diferente para retenerla. En realidad su fallo fue no actuar; se dedicó simplemente a reaccionar a lo que ella le iba planteando. Así no puede uno conservar una mujer como ella.

Los miles de ¿por qués? que se hizo, sin encontrar nunca respuesta, le enseñaron a no volver a planteárselos nunca más. Probó suerte de nuevo cinco años después con una secretaria bandera, pero la cosa duró menos que un caramelo a la puerta de un colegio. Todo eran comparaciones con Ana Rosa; no se reía igual, no conversaba igual, no olía lo mismo, no sabía como ella. Y aquí se acabaron sus incursiones del corazón. Ahora entraba, salía y adiós muy buenas. Sin compromisos, sin sentimientos, sin dolor. El perfume de la piel de Genoveva le había traído a la mente a Ana Rosa . . .

"Nelson, déjalo correr. A un perro, aunque sea Danés, lo capan sólo una vez".

El día que recibió a uno de los adornados, al que resultó que la esposa se la pegaba con *otra* no con *otro*, cosa que se lleva peor, el rollo que le metió fue de los que hacen historia. De aburrimiento, se concentró en el reloj de arena que adornaba su mesa . . . cada granito que caía era un segundo y otro y otro . . . al pasar la media hora, en acto reflejo, agarró el reloj y le dio la vuelta, produciendo, sin querer, un golpe seco en la mesa que dejó mudo al tarrero. Desde entonces utilizaba esta estrategia con frecuencia, cuando veía avecinarse a un palabrero sin fin.

Posteriormente comenzó también a utilizar el reloj para sí mismo. Se dio cuenta de que si hablar mucho y plantearse "por qués" no conducen a nada, tampoco lo hacen el pensar sin pausa y darle vueltas al coco sin restricciones. Así que se atenía a una premisa bien definida: colocaba el reloj y lo que no hubiese rumiado mientras caían los granitos de arena, pasaba al archivo de la memoria. Cada idea, cada planteamiento, cada pensamiento, cada reflexión disponía de media hora para cuajar, y se acabó.

La cafetera pitaba en la cocina. Se levantó, se sirvió, regresó a la mesa, giró el reloj de arena y comenzó su rutina cronometrada.

Premisa 1: El guardaespaldas Amilibia estaba involucrado.

Conclusión: Buscaba algo en la casa que Genoveva no conocía. O se lo llevó o no. La razón para no tocar el despacho de Ernesto seguía sin explicación. La hermanita estaba implicada seguro.

Tarea: Sacarle al escolta hasta la primera papilla que le dieron. Encontrarle relación con la sister.

Premisa 2: Registran también su despacho. ¿El Amilibia?

Conclusión: Seguía rebuscando algo muy relevante que no encontró en casa de Genoveva.

Tarea: Al Amilibia le iba a zurrar la badana bien zurrada.

Premisa 3: Liger.

Conclusión: Seguir esta colección de pistas, que no sabía a dónde llevaban, ni dónde acababan, ni qué finalidad tenían.

Tarea: Ver cómo se las arreglaba para despistar al liger y darse un paseíto por sus territorios en Jungle Island sin acabar escabechado.

Quedó satisfecho y se le ocurrió una idea. Llamó a Genoveva.

—Oiga, Genoveva, el liger Nagar, ¿es macho o hembra?

—Macho, ¿por qué lo pregunta?

—Una curiosidad sin más. Gracias.

Los machos se despistan mucho si rumian una hembra en celo, vamos, que pierden el sentido hasta que dan con ella, y si hablamos de un liger híbrido, que no ha catado cuero, ni te cuento. Charlie Samaniego, de nombre artístico "Sam el Eco", podía imitar cualquier sonido que se le pusiera por delante. Debía tener ahora sus 80 pasados, más que jubilado, pero en sus tiempos fue una gran estrella televisiva y hasta tuvo su propio show en Las Vegas. Actuó en un par de cintas de segundo orden, que nunca llegaron a ningún lado. Lo último que supo es que se retiró a Palm Beach, con la cuenta bancaria en buen estado. Si no la había espichado, allí debía seguir. Llamó a Teo para que se lo localizase.

—Estaba levantando el fono para llamarte yo mismo.

—Compenetración la nuestra.

—Tú primero.

—Localízame a Sam el Eco. Debe andar por Palm Beach, si no ha pinchado todavía.

—Tomo nota.

—Tu turno.

—Creo que le he encontrado el punto flojo al Amilibia.

—Dímelo de seguido, hermano, no como acostumbras, por etapas.

—Eres un borde.

—Más vale que te pago por pega no por horas, que sino ya me habían embargado.

—El Amilibia estuvo en el reformatorio dos años por agresión. ¿A qué no sabes a quién y por qué?

—Teo . . .

—Dejó al padre adoptivo en el hospital hecho unos zorros, con la nariz destrozada, varias costillas rotas y contusiones para dar y vender. Alegó que el cabrón había intentado violar a Adela, cosa que yo me creo. Como los servicios sociales son lo que son, se echó tierra en el asunto de los abusos y se trasladó a la joven a un hogar temporal. Cuando el Príncipe Valiente salió, la hermana, ya independizada y doctora veterinaria, lo acogió bajo su techo. Tras colocarse con el doctor Rocamador, éste le financió los estudios y hasta ahora.

—Son uña y carne.

—Más que hermanos, diría yo. Los dos contra el mundo —comentó Teo, que se conocía muy bien el percal, por haber sido él mismo víctima de los servicios sociales de la Florida.

"No hay mal que por bien no venga", pensó Nelson. Tanto amor fraternal le permitiría apretarle las tuercas a cualquiera de los dos y aflojar las del otro.

—Y hay más.

—Coño, Teo . . .

—Es que me atraganto si hablo tan de seguido.

—Más te vas a atorar si te echo la mano al cuello.

—Adelita, como la de la canción, se fue con otro, concretamente a la capital federal de México, hace un par de años. Ninguno de los dos pájaros había salido nunca antes de la Florida. Por eso me llamó la atención.

—¿Con quién viajó?

—Con Aurelio Gómez.

—Desarrolla al Gómez.

—Uno de los pasantes del abogado que ha presentado la demanda de la viuda mexicana.

—¡Coño!

—Gracias, Teo, eres un portento —se dijo Teo a sí mismo.

—Está todo dicho.

Nelson localizó a dos de sus mejores campanas y plantó uno delante de la clínica veterinaria y otro en la trasera. Esta noche iba de ejercicios espirituales y no quería que se le escapasen los fieles. Se ocupó en preparar el instrumental.

La clínica trancaba a las ocho, así que, a las menos cinco, tras comprobar que el último cliente dejaba las instalaciones, entró tras saludar con la mirada a los mirahuecos apostados. Sir Amilibia le recibió con cara de sorpresa, que en segundos transformó en una falsa sonrisa de zorro.

—¿Cómo anda el bisnes? —saludó Nelson.

—Fetén. ¿Qué se le ofrece?

—Necesito conversación. Me encuentro muy solo.

—Estamos a punto de cerrar —contestó Adela con sequedad, saliendo de una de las salas veterinarias.

Nelson, de reojo, vigilaba al caballero que imperceptiblemente estaba girando, acercándose a la puerta caminando de espaldas.

—Yo no lo haría —le advirtió Nelson.

Haciendo caso omiso, José echó a correr hacía la salida. Nelson sacó el *taser* de su bolsillo y le disparó una descarga eléctrica de 4.000 voltios que lo tumbó instantáneamente.

—Mala decisión —concluyó Nelson, mientras Adela corría llorando a atender a su hermano, que trataba de recuperar la respiración entre retortijones.

—Es usted un animal —lloriqueaba Adela, mirándole con furia, mientras José se recuperaba.

—Su especialidad, doctora. Estará como nuevo en cinco minutos y podrá retomar sin secuelas su antigua profesión de asaltar domicilios, como el de su difunto jefe y mi despacho.

—Adelita no tiene nada que ver en esto y yo no sé de que

me habla. Nunca entré en su despacho —musitó José, ya medio incorporado.

—Si me lo cuenta, igual me lo creo.

—José, no digas nada.

—Adelita, ¿me permite la confianza de llamarla así, verdad? Ahora que somos casi amigos ... o me lo cuenta a mí o directamente canta en comisaría. A ver si ahora toma la decisión correcta. Y, por cierto, las dos entradas están vigiladas.

José logró incorporarse y, con ayuda de su hermana, caminó hasta el despacho, bajo el atento ojo de Nelson.

—No tiene usted pruebas de que fue mi hermano el que entró en casa de Ernesto.

—Adelita ... Está plasmado en cinta de alta resolución gracias a las cámaras de vigilancia de un vecino.

—Cúlpeme a mí. Deje a Adelita fuera de esto.

—Alma caritativa. De momento la bofia no te ha identificado, pero yo sí. Quiero saber la verdad y luego veo si la mastico. ¿Qué buscabas en casa del señor Rocamador y en mi despacho?

—Nada. Y ya le dije que no entré en su despacho.

—Ya.

—Sólo seguíamos instrucciones de Ernesto —añadió Adela.

—Si no me falla la sesera, los fiambres no hablan. Y no creo en espíritus de ultratumba.

—Ernesto nos dejó disposiciones y las hemos cumplido. En caso de su fallecimiento, deberíamos entrar en su domicilio, desarreglarlo todo, menos su despacho, trasladar a Elba a una casa en Homestead y mantenerla allí cuidada hasta que alguien se la llevase. Pasado un mes, si nadie aparecía, la regresábamos a la señora Rocamador. Usted se la llevó y ahí acabó la cuestión.

—¿Y cómo sabe que yo me la llevé?

—Porque José estaba vigilando. Fue el que llamó, con la excusa de vender algo, para que encontrase usted a Elba junto al teléfono.

Aquí la niña sorprendió a Nelson. Lo del can sólo lo sabían él y Teo, así que debía ser verdad.

—¿Y el cuadrito al lado del chucho?

—También debíamos dejarlo allí.

—¿De dónde salió?

—Mire usted —le señaló Adela una pared donde se notaba un espacio con pintura más deslucida—, ahí estuvo colgado.

—Ya, pero ¿de dónde vino?

—Lo trajo Ernesto hace un par de años y lo colgó ahí. No tengo ni idea.

—¿No sabe quién lo pintó?

—No. Dijo que se lo había regalado un amigo pintor.

—¿Le suenan las iniciales FS?

—No.

—¿Trajo algún otro cuadrito similar?

—No, solo ese.

—¿Y nunca le preguntó a Ernesto la razón de tan absurdas instrucciones?

—Debemos a Ernesto todo lo que tenemos. Haría lo que hiciese falta por él, sin cuestionarle una sola palabra.

"La fidelidad del miserable agradecido no tiene parangón", pensaba Nelson.

—¿Y las vacaciones pagadas al Distrito Federal?

—¿También lo sabe usted?

—Adelita . . .

—Instrucciones de Ernesto también.

—¿A qué fueron?

—José no. Fui yo con Aurelio Gómez, un pasante de un despacho de abogados, a visitar a una señora para que firmase unos papeles.

—¿Qué papeles?

—No sé. Nunca los vi. Eso lo sabrá Gómez. Ernesto solo se fiaba de mí y me instruyó en mis tareas, consistentes en comprobar que la señora los firmase, actuar de testigo y pagarle en metálico.

—¿Cuánto pago?

—Cinco mil pesos.

—No está mal. ¿Y el nombre de la susodicha?

—María . . . María . . .

—¿María Marrero?

—¡Eso! Usted lo sabe todo.

—No me lubriques, Adelita. ¿Qué pinta tenía la María?

—India, casi analfabeta. Le costó lo suyo firmar, que no podía ni escribir derecho. No sé ni si sabía lo que estaba firmando, pero cuando vio el billete se le saltaron los ojos de las órbitas.

—¿Dijo algo?

—Nada coherente.

—A ver.

—Que nadie vuelve de la tumba con obsequios y menos los pinches pendejos hijos de la chingada, pero que firmaba donde hiciese falta para quedarse con los pesos.

—¿Tienes la dirección de una dama tan fina?

—Sí —le dijo Adela, ahora más tranquila, viendo a su hermano recuperado y a Nelson medianamente convencido.

Apuntó los datos en un papel y se los entregó a Nelson.

—¿Y de mi despacho, qué?

—Se lo juro, señor Nelson. De eso no sabemos nada —contestó con cara de monja Adelita.

—Os dejo. No os conviene mover ni un pelo hasta que yo investigue todo. De casa al trabajo y del trabajo a casa, y el sábado al supermercado. Si se termina la leche el jueves, agua. Estaréis vigilados las 24 horas hasta que resuelva. A la menor os largo a la pasma. *¿Capisci?*

—Todo lo que le he relatado es verdad, se lo juro, señor Nelson. José y yo sólo queremos vivir en paz. No hemos hecho daño a nadie, solo obedecer a Ernesto, que fue un padre para nosotros.

A Nelson casi le escocía el lagrimal, ante tanta solidaridad fraternal.

Pasó por el chamizo de Flor Sandoval para llenarse el estómago con una comida casera. Cuatro tristes parroquianos se sentaban a las mesas de plástico, cubiertas por manteles de papel a cuadros blancos y rojos. La tele, de fondo, emitía un partido de fútbol sin sonido y la radio aullaba música latina bailable.

—Afortunados los ojos que te ven —le saludó desde la barra Flor, una divorciada cachonda que Nelson tumbaba de vez en cuando a beneficio de ambos.

—Que Dios te pague el alimentar a este pobre hombre.

Tras una cena como corresponde, que le dio cierto sopor, se despidió de Flor.

—¿Te apetece un postrecito casero? Cierro en una hora.

—Hoy no, gracias, estoy agotado.

—Nelson, cada día estás más veterano.

—Y que lo digas, bella. Tú, en cambio, cada día luces mejor.

—Anda, anda, pinturero. Vuelve cuando estés dispuesto. Ya sabes que esta casa siempre está abierta para ti.

—No te merezco.

—Algunas veces tienes toda la razón.

Llegó a casa reventado y más confundido que nunca.

—Hola, jefe.

—Hola, Artoo.

—Me provoca una Miller.

Le sonó el teléfono, sonido que Artoo imitó con prontitud, lanzando una risita final. Era Teo con la localización de Sam el Eco. Todavía coleaba a los 82 años, aunque malamente. Estaba durando en una refinada residencia de ancianos en Palm Beach, que costaba sus buenos pesos. Tras cinco matrimonios y siete hijos reconocidos, no le quedaba más familia cercana con la que acomodarse. Así es la vida del artista. Por lo menos pudo salvar lo suficiente de tanto naufragio como para pagarse una buena residencia. No todos pueden decir lo mismo.

Se sentó a la mesa de la cocina con un vaso de agua y una pastilla para la acidez estomacal y se quedó pensativo ante la atenta mirada de su compañero al que no quiso dar conversación.

Premisa 1: Todo parece estar organizado por el difunto Ernesto, si los Amilibia no mienten.

Conclusión: Estaba totalmente botao. Ni pinga idea.

Tarea: Seguir indagando.

Premisa 2: Asaltan su despacho y no parecen ser los fraternales.

Conclusión: Andarse con precaución y armado.

Tarea: Investigar quién más anda involucrado.

Se duchó y al pulguero, que no hay mejor manera de cocer las ideas, como la mona, que dormirla. Que todo un señor veterinario hubiese estado casado con una india analfabeta no cuadraba; pero igual no encajaba nada. Especular sin tener toda la información en la mano no lleva a conclusión. Mañana visitaba a Sam el Eco para ir preparando lo del liger y arreglaba una escapada a México.

—Buenas noches, Artoo.

—Buenas noches, jefe.

—Desconecta y carga.

Artoo salió del dormitorio silenciosamente, no sin antes despedirse con un sonoro bostezo y su consecuente carcajada. Se encajó en su placa de carga, produjo dos o tres ronquidos bastante decentes y apagó todas sus azuladas lucecitas de robot sideral.

9

––––

Al sur del Río Grande

Panorama City Retirement Community era una excelente comunidad de retiro en Palm Beach, de las más caras y lujosas del país. La pena era que la mayoría de los residentes no estaban para disfrutar del panorama. Sam el Eco constituía una honrosa excepción motorizada.

—Ave María Purísima —le recibió el artista, bien acomodado en una silla de ruedas.

—Sin pecado concebida.

Nelson sustituyó a la enfermera de buen ver, empujando la silla, y se llevó a Sam el Eco a dar un paseíto por los jardines de Panorama City, con vistas al mar. Se cruzaron con vejestorios a los que la azotea les falló hace tiempo, Alzheimers, Parkinsons, demencias seniles, inmovilidades por roturas de caderas . . . la antesala del camposanto.

Llegaron hasta el borde del océano y se acomodaron debajo de un toldo, disfrutando por un rato en silencio de la suave brisa marina y el sonido de las olas.

—Este lugar está muy bien —dijo Nelson.

—No me quejo.

—¿Hace cuanto que nos vemos?

—Más de veinte años. ¿Cómo te va?

—Vamos tirando.

—Te ves bien. Tienes peluca —comentó Sam el Eco, que estaba completamente calvo.

—Algo es algo.

—Y algo entre las piernas que te funciona. ¿Sigues con aquel mangón? ¿Cómo se llamaba?

—Tiempos ha. Ana Rosa.

—¿Algún otro?

—No.

—Haces bien. Yo probé cinco veces. Sólo la primera merece la pena.

—¿Y tú?

—No me des cuero —contestó Sam el Eco, mirando hacia la silla de ruedas con ironía.

—Que te quiten lo bailao.

—Eso sí. Por lo menos quedan recuerdos. Los que no vivieron, ni eso tienen para sobrellevar la vejez.

Tras unos minutos más de silencio, Sam el Eco volvió a la carga.

—¿Qué te trae por aquí?

—Quería ofrecerte un trabajillo, pero en tu condición . . .

—Me imagino.

—¿Qué pasó?

—La edad, una mala caída y un mal cirujano.

Los antiguos conocidos pasearon un rato más recordando viejos tiempos. Nelson trabajó en un par de ocasiones para el bufete que le llevaba los asuntos a Sam; dos supuestas paternidades, una confirmada y la otra falsa, y en el seguimiento, vigilancia y posterior condena de una obsesionada admiradora que consiguió colarse en la habitación del hotel de Sam en Las Vegas en dos ocasiones, una de ellas armada con un cuchillo.

—Aquí me tienes si necesitas algo, chico. No creo que vaya muy lejos —se despidió Sam el Eco con elegancia, cuando lo regresó a la enfermera tetona.

—Por lo menos el ojillo se te alegra de vez en cuando —le contestó Nelson, mirando de reojo a la cuidadora.

—Por muchos años.

En el auto de vuelta, un tanto descorazonado, comenzó a preparar su nueva estrategia para el liger. Incursionar en el Jungle Island de noche, intentando transportar a un anciano en silla de ruedas, era más de película cómica que de otra cosa. Si no podía utilizar a Sam el Eco y su "llamada de hembra en celo" para distraer al liger mientras él registraba su hábitat, debía encontrar una alternativa. Todo la tiene, sin excepción. Mientras se iluminaba, a México.

—Teo, nos vamos a México —le dijo al teléfono, mientras manejaba de regreso a casa.

—No cuentes conmigo.

—¿Qué onda, compadre?

—La onda que quieras. Que no vuelo.

—¿Nunca te has montado en un avión?

—Ni pienso.

—Pero, hombre, ni te enteras.

—Que no me da mi gana americana.

—Acomodados en clase business, con todos los servicios de primera.

—Como si hay servicio de putas. Que no.

Tras colgar, ya casi llegando a su domicilio, sintió una sensación de incomodidad conocida: vigilancia. Tantos años en el oficio le habían concedido un sexto sentido. Miró por el espejo retrovisor y no pudo dilucidar, dado el espeso tráfico de la autopista. Por precaución, tomó una salida anterior a la que le correspondía y callejeó más de veinte minutos sin rumbo fijo, hasta asegurarse de que nadie le seguía.

Para mayor seguridad, decidió estacionar dos calles más allá de su apartamento Allí se quedó otros diez minutos parado, vigilando desde el auto el tráfico y el movimiento peatonal. Finalmente, se dirigió a casa tras dar dos vueltas a la cuadra, como medida extra, antes de entrar en el garaje, comprobando que ningún otro carro se colaba detrás.

Viajaría solo desde Miami, aunque en la capital federal necesitaba protección. Allí no se andan con chiquitas y menos a dónde pensaba dirigirse, una de las zonas más miserables de la urbe, entre las más grandes concentraciones urbanas del mundo con más de 20 millones de habitantes.

A través de sus contactos y girando suficiente guano, se consiguió dos agentes que le esperarían en el aeropuerto y lo escoltarían los dos días contados que pensaba arriesgar la vida al sur del Río Grande. Además, debían facilitarle un cachimbo, porque él no estaba documentado para portar armas en

México, por mucho que hasta los lactantes manejasen alguna. La mitad de la mordida por adelantado; el resto, en la puerta de embarque a la salida, la mejor manera de regresar con el cuero cabelludo intacto.

Uno de los pasantes de Ricky le reservó hotel y boleto.

"En primera, por favor, que estoy operado de la rodilla", cosa que era mentira.

Habló con Teo y le conminó a no separarse del teléfono ni de la computadora por si lo necesitaba de urgencia y preparó el equipaje de mano. Se pidió una pizza para merendar-cenar, porque no era hora de ninguna de las dos cosas, se abrió una Miller y se puso una de las películas de *La guerra de las galaxias*, desenchufando a Artoo, que era un incordio en esta situación. Como imitaba prácticamente todos los sonidos de su mellizo cinematográfico cuando los escuchaba, no había manera de seguir la cinta; era como un eco constante procedente de un universo paralelo.

A mitad de la película le entraron ganas de mear. Llevaba ya tres Miller y tenía la vejiga a reventar. No quería interrumpir, pero no podía más. Estaba en esa escena tan apasionante de *New Hope*, la primera película estrenada de la serie *Star Wars* y la cuarta en términos de cronología interna, en la que los héroes están tratando de llegar al Millennium Falcon, pero les resulta imposible porque todo está plagado de *stormtroopers*. Sin embargo, el jedi Obi Wan Kenobi inicia una pelea con Darth Vader tronando los láser del carajo, ofreciendo así una ventana de oportunidad a los fugitivos para deslizarse subrepticiamente hasta la nave.

Mientras orinaba, miraba con nostalgia su cachivache de los pedos. No fueron buenos tiempos o a lo mejor sí, porque por lo menos todavía uno tenía la ilusión ilusa de la juventud, una cosa que, desgraciadamente, se evapora conforme van cayendo los años. Y se entretenía aplén.

Regresó al sofá, fue a apretar el botón para retomar la película y el dedo se le paralizó.

"Una ventana de oportunidad, una distracción. Todos mirando para un lado, mientras en el otro . . . igual que los magos".

———

—Ricky, necesito que me prepares una excursión.

—¿No te vas mañana a México?

—A mi regreso.

—Dime.

—Me financias un paseo al Jungle Island de una docena de jubiletas del Panorama City Retirement Community, incluido obligatoriamente Sam el Eco.

—¿Qué relación tiene con el caso Rocamador?

—Tiene su miga, aunque todavía no lo tengo claro. Nunca te he fallado, ¿correcto?

—Correcto. ¿Todavía pulula por ahí Sam el Eco?

—Pulular, pulula en silla de ruedas, pero aun no ha estirado la pata.

—Mi padre se destarraba de risa con él, sobre todo con aquella historia que contaba de los cazadores y los patos, haciendo todos esos sonidos de las escopetas, los patos cayendo al piso graznando a grito pelado. Un crack.

—Prepara una camioneta de esas con plataforma para mover paralíticos.

—Se me está abultando el presupuesto, con tanta petición.

—Todo tiene su razón de ser. Alégrate que al ser una actividad benéfica la que vas a financiar, se la puedes desgravar al tío Sam.

—Ya soy millonario.

—Yo no. Debería haberme metido a picapleitos.

Llamó a Teo para que se acercase a visitar a Sam el Eco y trabajase con él a fondo el "grito de la selva" y que coordinase con Ricky la salida al Jungle Island. Lo quería todo listo lo antes posible.

—Pedid y se os dará, que dijo el profeta.

—Ya sabemos que estás erudito en la Biblia, broder.

—Buen viaje y que Dios te acompañe.

—Mejor me llevo escolta menos divina y más práctica. Que el Altísimo te escuche y que, si me la cortan, resucite al tercer día con todo en su sitio.

—Amén.

≍◻◻◻◻≍

El día siguiente amaneció radiante. Con toda la pena de su alma, dejó a Artoo desenchufado; aparte de que la batería no le daba para sobrevivir más de 24 horas sin recargar, coincidía que, uno de los días en los que iba a faltar, acudía la empleada a lustrarle el gao. Hacía ya varios años que le organizaba "la caterva de ropa sucia y comida pasada que el señor Nelson deja regado por todos lados". Aparte de esta queja general, no tenía muchas más, pero no había superado el trauma del primer encuentro con su compañero de piso.

A él se le olvidó advertirla cuando la contrató y, como le dio llaves, porque odiaba estar en la casa mientras aseaba, cuando la doña entró la primera vez comenzó a oír ruidos y voces extrañas procedentes del despacho y se alertó. En lugar de asustarse y echar a correr, salir a la escalera y llamar a la policía, que es lo que hubiese hecho una mujer en su sano juicio y lo que se recomienda en estos casos, Yanisbel, siendo una cubana de pro recién llegada de Pinar del Río, donde cada cual se las compone como mejor puede, agarró el escobón y le entró a palos al desgraciado de Artoo.

Total, que a Nelson le llevó casi un mes entero de dedicación completa devolver a Artoo a su antiguo ser y no lo consiguió enteramente. Por mucho que lo revisó por activa y por pasiva, de vez en cuando se atoraba, especialmente cuando entonaba la canción "Caruso" de Luciano Pavarotti. Se ve que le debió pegar el escobazo justo en el momento en el que la canturreaba. La vida, hasta para los robots, está llena de percances que estampan sus dolorosas secuelas en los circuitos del alma y del cuerpo.

Yanisbel trató de negar su implicación en la agresión, afirmando que igual el aparato se había caído o chocado solo, que ella no sabía nada de nada. No admitió la verdad hasta que le aplicó el tercer grado, mostrándole la filmación del asalto, grabada en directo por la cámara del propio Artoo. En la cinta, se apreciaba a una Yanisbel gritando como un luchador de judo, cargando con el escobón enhiesto contra el pobrecito Artoo, cuya cámara dejó de funcionar tras registrar un último escobazo en pantalla y un fuerte sonido parecido a una explosión en su grabadora.

—¡A quién se le ocurre dejar semejante bicho suelto sin avisar! —fue todo lo que comentó la bruta en su defensa.

Desde entonces, el día de limpieza, dejaba a Artoo bien pertrechado, mudo e inmóvil en su placa de carga, medida que no debía tranquilizar mucho a Yanisbel, aunque nunca se lo comentó directamente. Por el polvo que se acumulaba en el despacho, sospechaba que no entraba a asear allí muy a menudo para no encontrarse con su Némesis.

———

Viajó en primera como un rey. No hay nada mejor que disponer de astilla para acercarse a la felicidad, aunque el champagne que servían siempre le pareció cosa de damiselas y maricones. Él prefería un buen ron, sí señor.

Le recibieron, en la misma puerta de desembarco, Keynes García y Milton Cortés, de paisano, lo que no disimulaba en nada su circunstancia de policarpios, se les mirase por donde se les mirase, sobre todo por su condición de calotes, con bíceps a punto de reventar las mangas de unas camisas demasiado estrechas para tanto músculo de gimnasio.

No le extrañaba que dispusieran de tanto tiempo libre; aquí la mayor parte de los funcionarios practica la profesión de aviador, consistente en aterrizar a final de mes a cobrar. El resto del tiempo se ocupa en otras chambas, las que permiten echar papa y, a algunos, hasta disponer de una buena nave, para no tener que desplazarse en burra.

Le mostraron disimuladamente las charolas para atestiguar la condición de agentes, cosa obvia, y sin media palabra más procedieron a escoltarle fuera del aeropuerto, sin pasar absolutamente ningún control.

"Así da gusto. El billete aquí si que se estira".

Manejando como unos cafres, llegaron al hotel, le acompañaron a la habitación a desempacar, le prestaron una fusca, nueva, limpia, cargada, a punto de caramelo y salieron operando de nuevo como ciegos hacía el domicilio de María Marrero de Rocamador.

Tras dos horas de viaje silencioso, amenizado por una emisora especializada en corridos y dolores de cabeza, estacionaron al lado de una señal de "prohibido aparcar", en la última calle asfaltada de esta parte de la ciudad.

Allí comenzaba una de las barriadas más miserables, donde las chozas se apilaban de tal manera que cualquier tráfico que no sea a pie o en dos ruedas queda suspendido.

—A partir de aquí a patín —advirtió Keynes.

—Con la escuadra preparada —anotó Milton, disponiendo la suya para desenfundar a la menor.

Quemaron tenis hasta la chavola de la Marrero sin contratiempos. Keynes entró con él. Milton se quedó afuera de veleta.

Una chola rascuache, bajada de la sierra a tamborzazos, les abrió la cortina de la vivienda que ni puerta tenía.

—¡Qué pasó! —les recibió la india tan tranquila.

—El caballero desea conversar con usted —dijo Keynes, señalando a Nelson.

—¿Diga?

—El güey quiere comadrear —tradujo Keynes al mexicano.

María miró a Nelson de arriba abajo calibrando su peso. Al otro y al de la puerta ya los tenía marcados: tecos. Nelson pensaba, mientras tanto, que iba a necesitar intérprete para entenderse con la india así que sacó del bolsillo el mejor traductor: un billete verde de cien pesos. La ranchera lo agarró que visto y no visto y lo desapareció en un bolsillo de la abultada falda.

—Mande.

—Hace unos años, usted firmó unos papeles concernientes al señor Rocamador, su esposo.

—No me recuerdo.

Nelson sacó otro billete que voló con la misma rapidez, esta vez para ir a parar a otro bolsillo de la pollera, que debía tener al menos media docena, para diversificar el riesgo.

—Una señorita y un achichincle agachón.

—¿Qué firmó?

Silencio. Nelson le volvió a refrescar la memoria.

—No sé leer.

Nelson estaba perdiendo la paciencia.

—Seguro que sabe contar —contestó, alcanzándole más astilla y pensando que, como la enagua tuviese más de seis bolsillos, estaba dado.

—Algo sobre la calaca de Ernesto.

Nelson la miró con perplejidad.

—El esqueleto —le aclaró Keynes.

—¿Qué, exactamente, sobre la calaca de Ernesto?

—El pendejo de Ernesto colgó los tenis hace más de treinta años, en 1976.

—¿Y cómo?

—Como todos los pendejos, en una balacera.

—¿Dónde está enterrado?

La chaparra se echo a reír a carcajadas.

—Pregunte en la morgue.

—¿Nunca vio el cadáver?

—¿Para qué? Antes de balearlo, se ocuparon en grabarlo y después de trincharlo.

—¿Y no preguntó a la señorita y al achichincle agachón que querían?

—¿Se lo estoy preguntando al ingeniero? —contestó la tachuela, estirando de nuevo la mano, tras haber deducido que Nelson debía ser un pez gordo con tanto billete y guardaespaldas. Y ya iban por 500 papeles y el quinto bolsillo.

Nelson sacó su teléfono, buscó una foto de Ernesto y se la mostró.

—¿Es este Ernesto?

De la risa compulsiva que le entró, casi se le caen los pocos dientes sanos que aún conservaba.

—¿Y?

—Doctor ingeniero, los hijos de la chingada nunca son blancos.

Otra gran carcajada enmarcó esta última afirmación.

—Va a tener que pagarme usted a mí por la actuación que tanta risa le está dando.

La india cortó en seco la diversión, cambió de cara, endureció la mirada y se llevó la mano al sexto bolsillo sin llegar a sacarla, tras comprobar el fulminante gesto de Keynes hacia la fusca. Regresó la mano a la vista y la extendió de nuevo. Nelson apoquinó otro de cien para rellenar el último bolsillo y se despidió.

—Muchas gracias, Señora.

—Ahí nos vemos, Señor Doctor ingeniero.

En menos de quince minutos estaban de vuelta en el auto.

—¿Y qué onda con la india?

—Un buen filero en el bolsillo —le explicó Keynes.

—¿Tiene usted rayos X en los ojos o qué?

—Señor Doctor ingeniero —se burló Keynes—, en Miami están ustedes perdiendo facultades. Mariposones.

—Esa ciudad ya no es lo que era —corroboró su opinión Milton.

———————

Tras comer solo en el hotel y descansar un rato, Milton pasó a recogerle. Deseaba acercarse a la UNAM para comprobar los títulos de veterinaria de Ernesto Rocamador. Mientras tanto, Keynes andaba con sus buenos billetes y su charola de aquí para allá en el registro civil, comprobando el certificado de matrimonio del difunto.

Tras tres horas en las oficinas de la UNAM, consiguió lo que andaba buscando: Ernesto Rocamador, el fallecido en Miami, aparecía con foto y todo entre los graduados en veterinaria de la universidad en 1986, "suma cum laude", de los primeros de su clase. Hasta encontró una carta de recomendación archivada de uno de sus profesores, desgraciadamente fallecido hacía años, según la secretaria, que no andaba ella misma muy lejos del cementerio.

Agotado, regresó al hotel, con Milton manejando como un troglodita. Allí les esperaba Keynes con el certificado de matrimonio de Ernesto Rocamador con María Marrero, datado del 13 de octubre de 1975. Por las fechas, la Marrero disfrutó del hijo de la gran chingada un año escaso, hasta el 12 de octubre de 1976, día de su supuesto fallecimiento.

Se despidió de los gemelos, se duchó, se pidió algo para cenar en la misma habitación y se sentó a la mesa de la suite con sus instrumentos de trabajo, el lápiz y el cuaderno.

Llamó a Teo.

—Tigre, ¿sigues de una pieza?

—Parece.

—Suelta lo que tengas que soltar.

—Necesito cita en la morgue del D.F. para mañana. Preferiblemente con el capo máximo.

—Para la morgue no hace falta cita, reciben a todo el mundo —se regodeó Teo.

—Ja, ja—se rió Nelson sin reírse.

Teo quedó en que le avisaba a primera hora de la mañana y Nelson volvió a su tarea.

Premisa: Hay dos Ernestos. Uno indio, supuestamente fallecido en 1976, y otro blanco, del que se poseen datos fehacientes a partir de su entrada en la UNAM a estudiar veterinaria en 1980. Sin embargo, ambos están relacionados o se conocían, porque el Ernesto de Miami mandó a la flaca con el agachón donde la chola, para que firmase los papeles para reclamar su cadáver en caso de fallecimiento.

Conclusión: Todavía no podía sacar ninguna conclusión certera.

Tarea: Indagar la relación entre los Ernestos. Rellenar los años anteriores 1980 en la vida del Ernesto de Miami. Buscar la razón por la que deseaba que la chola reclamase su cadáver. Seguir con las pistas del zoológico a ver a donde llevaban. Comprobar si el Ernesto indígena falleció de verdad. Teo, mientras tanto, que continuase también ahondando en el pasado de Ernesto.

Se metió a la cama satisfecho; mañana a la morgue para cuadrar el certificado de defunción del Ernesto indio; por la noche pensaba darse un voltio por un restaurante que le habían recomendado como excelente y, al día siguiente, a casita.

10

Coser y cantar

Bernardo Leguizamo era el jefe forense de la morgue del Distrito Federal. Cualquiera lo hubiese dicho. Bajito, flacucho de pecho hundido, casi calvo a pesar de ser medianamente joven, poseía unos ojos de un azul tan claro e intenso y una mirada tan penetrante, que se podía pensar que poseía visión nocturna. Mirándolo de cerca, uno de ellos apuntaba un tanto al este, razón por la que, a pesar de no abultar ni medio kilo, causaba gran impresión, y uno ya podía imaginárselo manejando el serrucho con toda naturalidad, precisión y hasta gusto.

El doctor perito le recibió embutido en unos jeans, una camisa de cuadros y tenis, en una antesala mínima, poco más grande que el armario de su casa. El recibidor, que en su día debió ostentar paredes verdes o algo parecido, olía a cadáver mezclado con antiséptico.

Los cuatro metros cuadrados de la estancia se los habían ganado a un recoveco del pasillo, colocando un biombo en un lado en un amago de puerta y una falsa pared haciendo rincón con las otras dos del corredor, más amplio en esta parte de la morgue que en el resto del edificio. Daba para una mesita y dos sillas. El doctor Leguizamo, que se encontraba escribiendo algo, esquinado en la diminuta mesa que no daba ni para colocar dos folios enteros cara a cara, se levantó al verlo, apagó la radio a pilas que emitía música clásica de fondo y le ofreció la mano a modo de saludo.

Nelson estaba tan cerca del forense, que podía escuchar su respiración cuando se la estrechó.

—Disculpe que le reciba aquí, pero últimamente llegan tantos cadáveres que hemos tenido que acondicionar hasta mi despacho para acomodarlos —le comentó Bernardo Leguizamo, invitándole a sentarse en la otra silla.

—Usted perdone la pregunta, ¿no le molestan estas condiciones de trabajo?

—Mire usted, mucho, pero realizo una labor significativa. No se hace idea de en qué condiciones llegan últimamente los cuerpos, por llamarlos de alguna manera, porque mayormente vienen a trozos. ¿Quiere usted comprobarlo?

—No, muchas gracias.

—Lo entiendo. Para mí es un trabajo como otro cualquiera. El día que me harte lo dejaré. Mientras tanto, doy cierto consuelo a las familias.

—¿De que manera conforta? Si no soy excesivamente indiscreto al preguntarlo, porque ya estando muertos ... poco se puede hacer.

—¿A usted le gustaría recibir el cuerpo de su esposo o de su hijo a cachos?

Nelson negó con la cabeza.

—A nadie le gusta. Mayormente nos dedicamos a coser y cantar.

Nelson lo contemplaba perplejo.

—Hacemos vainica, zurcimos y remendamos, uniendo brazos y piernas a cuerpos mutilados, pareamos cabezas con sus correspondientes troncos, algún dedo que falta, si llegó el dígito en estado pasable ... Autopsias propiamente dichas, pocas; nadie va a investigar a un troceado, y la familia lo que desea es enterrar al muerto lo más completo posible y poder llorarle.

—¿Y siempre encuentran todas ... las piezas? —preguntó Nelson con gran repelús.

—Desgraciadamente no, pero nos las arreglamos. A veces nos sobra un brazo o una pierna que no corresponde con nada y tenemos la suerte de recibir otro cuerpo mutilado a los que les faltan esas extremidades.

—Todos tan contentos.

—Podría definirlo así. Usted viene de otro mundo, no sé si lo entiende muy bien.

—No, no, lo capto estupendamente. Y dígame, Doctor, ¿cómo escogió usted esta línea de trabajo?

—Mi papá era el anterior forense. Lo heredé todo de él, el nombre, la casa, la profesión ... La verdad es que prácticamente crecí aquí. Mi mamá murió bien joven y mi papá no volvió a casarse, así que, después del colegio, solía acercarme hasta que mi papá terminaba de trabajar. No sabe cuantos deberes de la escuela completé sobre las mesas de examinación —comentó con lo que a Nelson le pareció cierta nostalgia morbosa.

Ahora se explicaba la "familiaridad" del embalsamador con los cadáveres, vaya, que eran para él como de la familia.

—Dejemos de hablar de mí, que no tiene ningún interés. Me llamó su asistente Teo Osorio para decirme que llegaría usted indagando acerca de Ernesto Rocamador y me picó la curiosidad.

—¿A sí? ¿Por qué?

—Porque yo lo conocí hace muchos años.

—¿Cadáver?

—¡Qué dice usted! Vivito y coleando. Gran talento. Una pena que no estudiase medicina; se decantó por la veterinaria.

—¿Es éste? —le dijo Nelson, mostrándole la foto de Ernesto en su teléfono.

Bernardo Leguizamo agarró el celular y la miró fijamente unos segundos.

—Sin duda. Un poco menos pelo, pero es él. Esto del pelo... —se dijo a sí mismo Bernardo, sin terminar la frase, llevándose la mano a la cabeza casi calva.

—No se preocupe usted, hombre —le consoló Nelson, quien todavía conservaba todo su pelo.

—No, no pasa nada. Muchas cosas cambian con los años, eso no tiene remedio, pero la mirada, esa no muda jamás —contestó el forense, devolviéndole el móvil a Nelson y mirándolo con esos ojos del mas allá.

Este prójimo le erizaba el vello y había pocas cosas en este mundo que asustasen a Nelson. Si no fuera porque lo tenía enfrente respirando y porque no creía en resucitados, se hubiese apostado la polla a que Bernardo Leguizamo era un zombi, uno más de entre los cadáveres que allí se apilaban, quizás el único afortunado llegado en una pieza y resucitado con la exclusiva misión de recomponer a sus compañeros troceados.

—Dígame de qué conoce a Ernesto Rocamador.

—Lo conocí hace muchos años. No volví a saber de él después de que se fue a los Estados Unidos con una beca. ¿Qué tal le va?

—Irle, irle no muy bien. Le fue grande, pero murió de un infarto hace una semana.

—No somos nada.

—Y que lo diga.

—¿Y por qué se interesa por él, si está muerto?

Nelson no deseaba contar la verdad, por lo menos no toda.

—Hay un seguro de vida de por medio y necesitamos investigar para que la viuda cobre. Hay una confusión de nombres y aparece otro Ernesto Rocamador, fallecido en México en octubre 1976.

—Cuando hay dinero de por medio, uno vale más muerto que vivo. Por lo menos en su país. Aquí uno no pinta nada en cualquier condición. Así que se casó y todo. Muy bien y dígame, ¿tuvo hijos?

—No.

—Yo estoy soltero. Como comprenderá, cuando le explico a una dama a qué me dedico . . .

—Cuénteme de qué conoce a Ernesto —intentó Nelson reconducir al filósofo, callándose el consejo de que a las mujeres, de cualquier condición, damas o putas, contra menos se les relate, mejor que mejor.

—Es curioso que diga octubre de 1976, porque fue precisamente por esas fechas cuando mi padre contrató a Ernesto para ayudarle en la morgue.

—¿Como forense?

—No, porque no estaba titulado, pero sabía mucho. A mí me ayudaba con los deberes del colegio cuando los hacia en la morgue. Y a mi papá con las autopsias. Cortaba y cosía muy decentemente.

—Su papá de usted ... ¿podría hablar con él?

—Desgraciadamente falleció.

—Le acompaño en el sentimiento.

—Hace diez años no más. Era un buen hombre, honrado y recto, muy organizado. Un perfeccionista en su trabajo y en su vida. Le concedieron una medalla cuando se jubiló y recibió no sé cuantos honores a lo largo de su carrera. Una gran inspiración para mí y para todos sus alumnos en la facultad donde también daba clases. Mi tesis doctoral fue inspirada por él y por sus aspiraciones de llevar la profesión forense en México a sus cotas más altas; se titulaba *Cambios histomorfológicos en pulmones de humanos que murieron por fuego directo*. ¿Sabía usted que llegan muchos cadáveres quemados y todos quieren que ponga en la ficha como causa de fallecimiento "fuego"? Esa es la vía más rápida para deshacerse de cuerpos que a nadie interesan, pero igual no murieron quemados. Igual estaban muertos antes y se quemó el cuerpo para borrar las huellas del asesinato y de la tortura, o murieron por inhalación. Todo esto se descubre analizando los tejidos pulmonares y otros órganos. ¿No merece un ser humano que al menos se apunte con corrección la causa de su muerte? ¿Sabía usted que las mujeres mueren antes en un incendio, debido a que su mayor contenido de grasa corporal las hace arder con mayor rapidez? Esto lo descubrí durante las investigaciones realizadas para concluir mi tesis. Por eso tiene sentido que los bomberos rescaten antes a las damas que a los varones. Le ve la lógica, ¿verdad?

El doctor Leguizamo, a tenor de la verborrea y las preguntas que se hacía a sí mismo, no debía platicar a menudo, al menos con los vivos.

—Interesantísimo y muy lógico, doctor Leguizamo. ¿Le comentó alguna vez su padre por qué contrató a Ernesto o de dónde venía? —trató de reconducir Nelson la conversación.

—Lo único que le oí comentar alguna vez fue que era hijo de un amigo médico, al que le fueron mal las cosas, y que el cuate necesitaba ayuda. Yo entonces era un niño, comprenda. Ernesto estuvo unos años trabajando con mi padre, luego estudió veterinaria y se fue para el norte.

—¿Su padre nunca lo mencionó posteriormente?

—Le tenía bastante cariño, después de trabajar tantos años con él, pero nunca me dijo nada más, solo que era mejor para él, que el norte era más seguro.

—¿No sabe a qué se refería?

—Hombre, teniendo en cuenta como estamos en México ahora, creo que mi papá fue profeta. Cualquier parte es ahora más segura, el norte, el sur, el este, el oeste . . .

—¿Podría ver los registros de defunciones de ese año?

—Mi papá era muy detallista en los registros, no se le pasaba un papel, aunque hay que decir que entonces llegaban los cadáveres justos y en una pieza, no como ahora —dijo Bernardo, como para justificar el desmadre actual.

—¿Guarda los registros?

—Desgraciadamente no creo que pueda encontrar nada de la época. La morgue se ha trasladado varias veces desde entonces y puede imaginarse a donde fueron a parar los archivos con las mudanzas. Lo que queda está en el cuarto piso, si quiere perder el tiempo.

—Muchas gracias, doctor Leguizamo, ha sido usted de gran ayuda.

—Que le vaya bonito. Aquí me tiene para cuando me necesite. Ya sabe usted que bordo de maravilla —se despidió el forense, ofreciéndole su tarjeta con una cara tan formal que Nelson no pudo deducir si hablaba en broma o en serio.

Agarró la escalera y llegó hasta el archivo, por llamarlo de alguna manera. Un archivista que parecía proceder del sótano que acababa de dejar, por el color ceniciento de la piel y los escasos signos de vida que presentaba, le dejó entrar, al llegar de parte del doctor. Tuvo el bonito detalle de desearle suerte, como la que se le desea a aquellos exploradores pirados de los que se sabe con certeza que nunca se volverá a saber de ellos.

Pilas y pilas de cajas mugrientas y archivos oxidados se acumulaban por todos lados hasta el techo, sin orden ni concierto. El muerto viviente le indicó con la mano, sin tan siquiera hacer amago de levantarse, aproximadamente dónde podía encontrar archivos de 1976.

—Al fondo a la derecha puede ser. Si no, siga al fondo a la izquierda, luego al frente a la izquierda y finalmente pruebe suerte al frente a la derecha.

Total, la vuelta al ruedo. Igual le daba cerrar los ojos y determinar a "pinto, pinto gorgorito" por dónde comenzar. Cuatro horas más tarde, se había recorrido la plaza con ovación y no había sacado nada en claro. Ni tan siquiera había logrado encontrar un triste registro del año 1976. El zombi de la entrada continuaba inalterable en su silla. Por supuesto, pararse a echarle una mano no entraba dentro de sus funciones, que consistían en estar sentado en una silla ocho horas al día contemplando el infinito. Nelson, agotado, se apoyó en una mesa y se le quedó mirando un buen rato desde donde se encontraba; no logró descubrir que pestañease tan siquiera.

Le entró una angustia solemne, de las que oprimen el pecho y no dejan ni respirar, esa que solo conoció una vez en su vida, el día en el que comprendió definitivamente que había perdido a Ana Rosa para siempre. Salió pitando del archivo, aceleró como alma que lleva el diablo escaleras abajo, abrió la puerta de la morgue con un golpe seco y dejó que el aire contaminado del Distrito Federal le llenase los pulmones.

Keynes, de guardia por allí, se le acercó preocupado al verlo salir tan apresurado y bastante blanquecino.

—Parece que ha visto usted a un muerto.

—Peor, a unos vivos que parecen muertos.

—Ándale, Señor Doctor ingeniero.

—Ándale, ándale, vámonos de aquí cuanto antes —terminó Nelson, montándose de un salto en el carro que Milton acababa de acercar a la puerta.

Con el mal cuerpo que se le había puesto, decidió pasar de tours turísticos y gastronómicos y se retiró a su habitación, despidiéndose de los guardaespaldas hasta el día siguiente. Se pidió algo ligero para cenar, se preparó un baño bien caliente y se sumergió con intención de arrugarse. Los vapores del agua y los perfumados jaboncillos le calmaron el cuerpo y la mente, que dejó en blanco para concentrarse simplemente en las sensaciones.

Tras media hora a remojo, ya mucho más calmado, se embutió en el esponjoso albornoz blanco y se calzó las zapatillas del hotel de lujo con logo incrustado. Se sentó a ver un poco la tele en el saloncito de la suite mientras cenaba, para seguir no pensando. Cuando uno se fuerza a sí mismo a pensar, es cuando menos surgen las ideas. No era una teoría, lo tenía comprobado en la práctica. Mejor dejaba pasar el tiempo cuando algo se le atoraba. La idea ya estaba allí, planteada en su cerebro, sólo debía tener un poco de paciencia y dejarla flotar hasta que explotase por sí misma y pariese la solución. Tras ver un programita muy cómico y triste a la vez, en el que se hacía sudar tinta a los gordos para adelgazarlos, se metió a la cama tranquilo. Pocas veces en su vida perdió el sueño por nada, únicamente cuando lo de Ana Rosa . . .

"Nelson, deja el pasado en paz, sólo trae recuerdos muertos, y el futuro puras fantasías; únicamente el presente es real".

Se abrazó a la almohada y se durmió.

Al día siguiente, tras el desayuno, regresó a su habitación a preparar la maleta; volaba en unas pocas horas. La teoría ya la tenía planteada, pero debía encontrar la manera de probarla.

Premisa: Desaparece un Ernesto en 1976 y, acto seguido, aparece otro que casualmente trabaja en la morgue donde llegó el cadáver del primero.

Conclusión: Nunca hay casualidades; no hay dos Ernestos sino uno, el de Miami, que por una razón desconocida asume la personalidad del fallecido en esas fechas. Buena estrategia, un cholo troceado del que nadie reclamará ni los restos. El papá de Bernardo está implicado y, desgraciadamente para su investigación, caput.

Tarea: Para probar su premisa debía encontrar alguna prueba de la muerte del primer Ernesto.

Keynes y Milton pasaron a recogerle. Sentado en la parte trasera de la nave, cerró los ojos para apaciguarse y auto convencerse de que podría llegar al aeropuerto en una pieza. Desde luego, las academias de conducción del Distrito Federal deberían anunciarse bajo lemas como: "Le garantizamos nervios de acero en sólo cuatro clases", "Maneje hasta la tumba" o similares.

Nelson se concentró en el caso para alejarse de la carrera. Aparte de su cualidad camaleónica de transformarse en otras personas y hablar con acentos, también poseía la virtud de meterse en sus zapatos. No solamente parecía otro, sino que también lo era; asumía las nuevas personalidades, sus andares, sus gestos, sus sentimientos, sus deseos, sus miedos y su forma de pensar y reaccionar. Era la mejor manera de dar el pego; de otra forma no hubiese colado.

Trató de recomponer a Bernardo Leguizamo padre a partir de los datos que le aportó el hijo. Un hombre correcto, inteligente, profesional, organizado, honrado. Si se había arriesgado por Ernesto, debería tener una razón sumamente importante. Falsificar los datos de defunción, aunque fuese de un cholo, puede acabar con la carrera de uno. Cualquier paso en falso sirve para alimentar la hoguera de los enemigos, y el forense general del D.F. debió tener abundantes. En este caso, la estrategia que utilizó funcionó, porque se jubiló sin que trascendiese. ¿Cómo lo hubiese hecho él en su lugar para nadar y guardar la ropa?

—Llama a la secretaria de Ricky y que me cambie el boleto para el último vuelo de hoy —telefoneó a Teo.

—¿Qué tal un buenos días primero, Tigre?

—Venga, venga, buenos días, acelera.

—Vas petao, compay. ¿Algo más que declarar?

—Que te extraño —soltó con sorna Nelson.

—Yo también, mi amor —se despidió Teo al colgar.

—¿La vieja? —preguntó Milton, a tenor de la conversación, apartando por unos segundos los ojos de la carretera, lo que puso los pelos de punta a Nelson.

—Mire usted para adelante y hágame el favor de dar la vuelta. No vamos al aeropuerto.

—¿A dónde, pues, compadre?

—Déjeme que haga una llamadita.

—Óigame, el jale se alarga.

—No se preocupe, coopero con más feria.

Nelson llamó al taxidermista. Quedaron en encontrarse en su domicilio.

11

———

Experiencia mística

Una hora después entraba en el túnel del tiempo. El apartamento de Bernardo heredado de su padre estaba tal cual.

—Exactamente como él lo dejó —afirmó muy orgulloso
Bernardo Leguizamo.

—Y que lo diga.

Los pesados cortinones de profusos floripondios damas-
quinados corridos sumergían las estancias de altos techos en
una penumbra ciega. Al pasar al salón, Nelson se dio en la es-
pinilla con un abultado aparador, colocado en esquinazo.

—¿Cómo se maneja usted con tanta oscuridad? —comentó
Nelson a la pata coja, reafirmándose en la noción de que
aquel tipo podía ver entre las tinieblas.

—Estoy acostumbrado, ya me conozco el emplazamiento

de los muebles. Perdone usted, ya enciendo la luz. Es que no recibo muchas visitas —contestó el forense, alejándose de Nelson hacia el interruptor.

Hasta que se hizo la luz, Nelson permaneció masajeándose la pierna, inmóvil, no fuese a desgraciarse más.

Al alumbrar, pesados muebles de oscura caoba tallada, profusos retratos familiares, abundantes adornos de platería mexicana y cristalería a tutiplé recibieron a un Nelson estupefacto y cojo.

Todo estaba bien aderezado por paredes recubiertas de papel pintado floreado y ajado, diferente en cada sala, y sazonado con medallones de escayola dignos del palacio de Versalles, molduras de cornisa de medio metro de anchas con angelitos esculpidos y lámparas de lágrima con escasa luz, debido a los muchos bombillos fundidos, adornadas, para compensar, con abundantes telarañas.

Desde luego no le extrañaba que Bernardo estuviese soltero. Si alguna doña decidía probar suerte obviando su profesión y aceptaba una invitación a casa para un revolcón, seguro que salía acelerada, ante la indudable intuición de que aquel forense también realizaba trabajos privados a domicilio y de que el próximo cliente iba a ser ella.

Sólo faltaba música de fondo, de esas de miedo que utilizan en las películas de terror para avisar a la protagonista de la inminente aparición del Conde Drácula, recién salido de su ataúd y dispuesto a pegarle un buen bocado al cuello para desayunarse.

—Sígame —le conminó Bernardo, conduciéndole al despacho de su padre.

—Muchas gracias por recibirme. Espero que no le moleste esta intrusión.

—¡Al contrario! A mi papá le hubiese gustado saber que alguien se interesa por sus papeles. Fue un gran estudioso. Publicó en los mejores anales de medicina y dejó varios escritos sin terminar. Al pié del cañón hasta el último día. Uno de sus libros de texto aun se estudia en la facultad: *Tratado de anatomía forense y salud pública*. Guardo varias copias. Seguro que le interesa consultarlo.

—Seguro. Un hombre muy brillante, su papá —le masajeó el ego Nelson.

—Verdaderamente.

Pasaron por distintas estancias, todas similares en su fealdad e igual de rancias.

—¿Y no ha pensado usted nunca en mudarse o redecorar? —preguntó Nelson.

—Lo pensé, ciertamente. La casa es enorme para una persona: cinco dormitorios, cuatro baños y tres salones, más la biblioteca, pero está muy bien situada y totalmente pagada. ¿Dónde voy a mudarme mejor que aquí? Los muebles me gustan, son clásicos, elegantes; no creo que pudiese adquirirlos de mejor calidad. Ahora hacen el mobiliario de baratillo, ¿no cree usted? Además, siempre me queda la esperanza de formar una familia algún día . . . y entonces sí que necesitaría el espacio.

A Nelson se le ocurrían una docena de lugares apropiados para que se mudase y no digamos estilos decorativos menos fúnebres, pero se calló. Tampoco comentó nada de que si seguía allí lo enterrarían soltero, sin compromiso ni descendencia.

Lo más moderno en decoración de principios del siglo XX le recibió en este gran cuarto, la biblioteca, repleto de estantería cuajadas de libros, polvo y unas cuantas polillas planeando ahora sobre su cabeza.

—No he tocado ni un papel. Por respeto. Me sobran estancias, ya lo ha visto. Normalmente hago la vida en la cocina. De todas maneras, no paso mucho tiempo en casa . . . con tanto trabajo. Le dejo a sus anchas y regreso dentro de unas horas. El deber y la costura me llaman —se despidió Bernardo, con una sonrisa ante su propia gracia, que a Nelson no le hizo gracia ninguna.

Tras oír el golpe de la puerta principal al cerrarse, Nelson echó la llave al despacho. No estaba seguro de que algún zombi, incluso el propio Conde Drácula en persona, apareciese de repente a interrumpirle. Por las pocas películas que había visto de zombis y vampiros, estos no eran capaces de atravesar objetos sólidos como sus compadres de ultratumba, los fantasmas. Se aseguraba así contra el ataque de dos de las tres especies depredadoras que podían habitar esta mansión.

Enchufó el celular y grabó el despacho de arriba abajo y envió el resultado a Teo para su análisis. La comunicación se cortó en un par de ocasiones, pero logró finalmente pasarle todo el vídeo.

Mientras esperaba respuesta de Teo, repasó visualmente la estancia. Su teoría era que un hombre como el padre de Bernardo, "un perfeccionista", debió escribir el certificado de defunción para justificar el cadáver de Ernesto el indio. Una vez enterrado y cerrado el caso, él, poniéndose en su lugar, hubiese retirado el certificado de defunción de los archivos correspondientes, para darle sus datos al otro Ernesto, el de Miami. Pero él, y asumía que el forense también, no hubiese destruido el certificado sino que lo habría guardado a buen recaudo, por si las moscas. Primero, porque si por cualquier razón se hubiese notado la discrepancia, siempre se podía retornar el certificado a otro archivo y "encontrarlo" mal archivado; en este caso todo colaba como un error administrativo de los que suceden a diario y a manta. Por otro lado, cualquier papel de esta relevancia siempre conviene conservarlo por lo que pueda pasar.

Miró libros, estanterías, cajones, dio la vuelta a sillas y sofás, escudriño la mesa por debajo, a ver si poseía algún escondite secreto, volvió cuadros y títulos colgados en las paredes, levantó alfombras que le dieron carraspera de tanto polvo acumulado y se fijó en una Biblia abierta en un atril, similar a la del despacho de Ernesto. Nada es coincidencia, pensó, mientras el corazón se le aceleraba. Se acercó a ella y vio que estaba abierta en la misma página que la de Ernesto, el Apocalipsis I, y tenía varios párrafos marcados en este capítulo y en el V.

Sacó su cuaderno y tomó nota:

Apocalipsis I-3: Dichoso el que lea y los que escuchen las palabras de esta profecía y guarden lo escrito en ella, porque el Tiempo está cerca.

Apocalipsis I-20: La explicación del misterio de las siete estrellas que has visto en mi mano derecha y de los siete candeleros de oro es ésta: las siete estrellas son los Ángeles de las siete Iglesias y los siete candeleros son las siete Iglesias.

Apocalipsis 5-1: Vi también, en la mano derecha del que está sentado en el trono, un libro, escrito por el anverso y el reverso, sellado con siete sellos.

Apocalipsis 5-2: Y vi a un Ángel poderoso que proclamaba con fuerte voz: "¿Quién es digno de abrir el libro y soltar sus sellos?".

Apocalipsis 5-3: Pero nadie era capaz, ni en el cielo ni en la tierra ni bajo tierra, de abrir el libro ni de leerlo.

Abrió el balcón para recibir un poco de aire, se sentó a pensar frente a sus notas y subrayó las palabras que le parecieron revelantes y repetidas: siete, libro, sellos y sellado, que viene a ser lo mismo. ¿Qué relación tenía con el caso de Ernesto o con el certificado de defunción que ahora estaba buscando? Ni pinga.

Destripó la Biblia con cuidado, tapa y contraportada; pasó todas sus páginas una por una. Fracaso total.

Le sonó el celular. Era Teo, que le preguntó sin preámbulos:

—¿Has avanzado?

—Ni un ápice.

—Pues, yo sí.

"Ya empezamos", pensó Nelson, al ver que Teo comenzaba con su jueguito de darle la información con cuentagotas.

—Gracias por adelantado, ala, ándale —dijo para animarlo.

—¿Qué te llama la atención?

Con más paciencia que el santo Job, Nelson le siguió el juego.

—La Biblia en el atril, exactamente igual que en el despacho de Ernesto, pero no me aclara nada de lo que ando buscando.

—Ya me había fijado yo también. Luego hablamos de ello, pero mientras tanto hay otra cosa que no cuadra.

—Vocaliza, por favor.

—Todos los efectos del despacho pertenecen al forense, menos uno.

Nelson repasó visualmente el despacho de nuevo y lo localizó a la primera: el título de veterinaria de Ernesto Rocamador colgaba de una pared, junto a los varios de Bernardo Leguizamo. ¿Qué mejor lugar para esconder el certificado, que bajo el nombre del mismo muerto? A la vista, evidente.

Dejó el celular en altavoz sobre la mesa, corrió a descolgar el cuadro, desprendió el título, lo desmontó, y en la trasera encontró lo que buscaba. Allí estaba el certificado de defunción de Ernesto Rocamador.

—Deduzco por el silencio que lo has localizado. Teo, eres un genio sin igual —soltó Teo, desde el altavoz del móvil—. Te veo mañana. Chao pescao.

Oyó la puerta principal abrirse, así que, deprisa y corriendo, recompuso el título y lo regresó a su lugar, metiendo el certificado entre las páginas de su cuaderno, y abrió la puerta del despacho. No deseaba manchar la memoria de "intachable" que tenía el forense de su papá.

—¿Cómo le fue, amigo? —comentó Bernardo, entrando en el despacho.

—Bien, gracias. Una biblioteca muy surtida la de su papá. Y el *Tratado de anatomía forense y salud pública*, una joya.

—Ya se lo dije. Además de escritor, era un gran lector.

—¿Y leía la Biblia? He visto que tiene una versión valiosa en un atril.

—No era especialmente religioso, pero le gustaba el libro. A veces venía Ernesto a cenar y nos leía párrafos a mi papá y a mí. Se ponía ahí mismo de pie, frente al atril, mi papá se sentaba en el sofá y yo a su lado. Tenía una voz muy bonita, melodiosa, un tanto especial.

—¿Especial en qué sentido?

—No sé, un acento distinto, no como el de mi papá, más cantarín.

—Cantarín, ¿cómo?

—Yo era un niño, no le puedo dar más detalles. Mis recuerdos son un tanto borrosos. Me imagino que vendría de alguna provincia. Además, con el paso de los años, se le fue quitando y se le pegó el de los chilangos.

—Estoy pensando que ... aunque ... dejémoslo, ya le he molestado bastante.

—Diga, diga lo que está pensando. Yo ya no tengo nada que hacer.

—Si usted escuchase con concentración a alguien leer la Biblia con el mismo acento que Ernesto, ¿lo reconocería?

—Pues no sé, posiblemente. Los olores y ciertos sonidos, aunque no nos demos cuenta, se nos quedan grabados con mayor potencia que las imágenes y las palabras. Hay varios estudios médicos que lo atestiguan y en la escuela de medicina recuerdo que analizábamos estas reacciones en laboratorio y hasta hicimos grandes bromas entre los compañeros. Uno de ellos, cada vez que olía esmalte de uñas, recordaba a su primera novia que andaba todo el día pintándoselas. Sería un experimento interesante.

Nelson lo sabía muy bien. El olor y la risa de Genoveva, sin razón, le había resucitado el recuerdo de Ana Rosa, tantos años sepultado.

—¿Qué pasaje de la Biblia le gustaba especialmente a su padre?

—Sin duda alguna el Apocalipsis. A Ernesto también. Decían que era muy épico y que a veces la realidad imita a la ficción. Nunca entendí cómo, especialmente refiriéndose al Apocalipsis, que es lo más críptico y ficticio de la Biblia.

—Tengo unos minutos todavía antes de salir para el aeropuerto. ¿Le prueba el experimento?

—Con gusto.

Nelson le conminó a reproducir, lo más similares posibles, las condiciones en las que Ernesto leía la Biblia. Bernardo cerró los cortinones, dejando filtrarse unos escasos rayos de luz, suficientes para crear un ambiente recogido y leer malamente. Después se sentó en el sofá y Nelson se colocó, parado, ante el atril con la Biblia.

—Un poco más a la derecha —le señaló Bernardo.

Nelson se movió.

—Perfecto. Comience cuando le pruebe —musitó, casi imperceptiblemente, un Bernardo transfigurado con los ojos cerrados, en actitud de total concentración.

—Si reconoce el acento de Ernesto me deja saber.

Y Nelson leyó por primera vez en su vida el Apocalipsis, comenzando con español de acento mexicano. Continuó por cubano por aquello de las posibilidades; siguió con el boricua, el dominicano, el venezolano, el peruano, el chileno . . . y llegó al argentino porteño.

—Ese es Ernesto, tal cual.

—¿Seguro?

—¡Dios mío! Es como estar oyéndole. Hasta he sentido la presencia de mi papá, acomodado a mi lado, siguiendo sus palabras.

Nelson comenzó a dilucidar que también andaban fantasmas por allí, así que se le debían de estar riendo a la cara por aquella niñería de cerrar la puerta del despacho con llave.

—Repítalo, por favor.

—¿No me acaba de decir que lo tiene claro?

—Si, sí. Ahora es solo por gusto —afirmó Bernardo, tan emocionado, que a Nelson le dio la sensación de que una lagrimita se le escapaba, aunque con tan mala visibilidad por la escasez de luz vaya usted a saber.

Cuando terminó la lectura, el forense estaba totalmente transpuesto.

—Esto ha sido una experiencia mística, ¿no le parece, Nelson? ¿No le importa que le llame Nelson, verdad? Ahora que hemos compartido algo tan especial. Usted puede llamarme Bernardo, si gusta.

—Por supuesto, Bernardo —contestó Nelson, al que no le gustaría compartir nada más con el forense.

—¿Desea quedarse a cenar? Puedo preparar algo rápido.

—Se lo agradezco, pero salgo ya para el aeropuerto. Voy justo de tiempo —se despidió Nelson, quien se imaginaba un menú de forense a base de . . . mejor no pensarlo.

Bernardo le acompañó muy amablemente hasta la puerta del apartamento, sobre la cual reposaba clavada una placa en la que anteriormente Nelson no se había fijado, aunque con la oscuridad que le recibió era normal.

"Más vale vivir 5 años como un rey que 50 como un buey".

—¿Y este proverbio tan inspirado?

—¿Le gusta?

—No está mal.

—Lo copié de un cadáver. Muchos de los que están llegando últimamente, hasta jóvenes de 15 años, lo llevan tatuado en el antebrazo. Parece que está de moda. Me ofrece cierto consuelo pensar que, aunque se fueron tan cuates, vivieron unos años como reyes.

—El que no se consuela es porque no quiere.

—¡Que razón tiene usted!

—Le agradezco enormemente su cortesía —dijo Nelson, ya en el descansillo, a punto de echar a correr, tras estrecharle la mano.

Cuando pisaba el segundo escalón, oyó gritar al forense.

—Nelson, ¡espere un momentito, por favor!

Se quedó clavado, mientras Bernardo se apresuraba dentro del apartamento, dejando la puerta abierta.

Al rato llegó con un libro en la mano.

—No puedo dejarle partir sin una copia del *Tratado de anatomía forense y salud pública* de mi papá.

—No tiene usted que . . .

—Nada, nada —le interrumpió Bernardo, ofreciéndole el libro—. Está dedicada y todo.

Nelson salió con el libro bajo el brazo. Igual le ofrecían algo en eBay por la copia. Allí se compraba y vendía hasta la roña. Llevaba también el vello erizado y el estómago revuelto, dos sensaciones que pareciesen asociadas a la mera presencia del forense.

La movida gastrointestinal empeoró notablemente con la manejada hacia el aeropuerto. A pesar del denso tráfico del Periférico, los conductores aceleraban y cambiaban de línea que ni José Feliciano. Con Keynes ahora al timón, Milton se relajaba a su lado, canturreando al son de una ranchera radiofónica.

—¿Ustedes se turnan para macerarme la úlcera, o qué?

Milton le miró con cara de lástima, sin perder el tono. Keynes ni se molestó en contestarle, ocupado como estaba, en batir el récord de velocidad de Emerson Fittipaldi en la Fórmula Uno.

Nelson permanecía con los ojos cerrados, contando los minutos hasta el aeropuerto. Tras varios bruscos cambios de carril más, y diversos sorteos acrobáticos, Nelson pensó que allí estiraba la pata. Una fuerza repentina e inusitada lo impulsó hacía el asiento delantero para, un segundo después, empotrarlo con gran violencia contra el respaldo. Acto seguido, su cabeza comenzó a girar como un trompo.

—¡Hijo de la gran chingada! —le pareció escuchar cuando su cerebro dejó de golpear las paredes de su cráneo y se paró en seco en mitad de su cabeza, posiblemente un tanto desplazado del lugar en el que originariamente se encontraba cuando iniciaron el aventón.

Un carro les había cortado la vía tan de cerca, que Keynes no tuvo más alternativa que pisar pedal. La nave comenzó a derrapar hacía el carril contrario, trancado de tráfico. La pericia de Keynes consiguió enderezar la dirección. Pegó un volantazo y el auto giró 180 grados. Produciendo un gran chirrido, se deslizó unos pocos metros de costadillo. Descendió la suave pendiente del arcén, golpeó una red de seguridad y quedó parado en seco.

Nelson logró abrir los ojos y no pudo procesar lo que veía. Los volvió a abrir y a cerrar un par de veces más, hasta que consiguió asimilar la situación. El auto se encontraba en dirección opuesta al tráfico, en la cuneta. Era un milagro que no hubiesen volteado. Milton había bajado a comprobar el estado del carro, mientras Keynes se despachaba.

—¡Estos pendejos me tienen hasta la madre! ¡Malafachas! ¡Cabrones! ¡Huevones! ¡Que se chinguen a su madre! ¡Ojetes! . . .

Le interrumpió Milton de regreso.

—Está efectivo.

Despegaron de nuevo. Desgraciadamente, la radio también estaba efectiva.

—¿Agarraste la placa?

—Ni madre.

—Por el carro, un mero mero.

—Si me traduce . . . —comentó Nelson.

—Un mandamás, compadre. Negro, blindado, con vidrios tintados.

Y sin mediar media palabra más, llegaron al aeropuerto.

Los gemelos guarura lo colaron hasta la puerta de embarque del avión y allí mismo se despidió de ellos y cotizó el resto de la tarifa, pagando las horas extras a precio de minuta de abogado.

—Son ustedes de pocas palabras.

—Por la boca muere el pez —contestó Milton, con un estrujón de mano que casi le colapsa los huesos metacarpianos.

—El silencio es oro, Señor Doctor ingeniero —corroboró el saleroso Keynes, dejándole la mano lista para un par de sesiones con el quiropráctico.

"Estos son de los míos. Hay tres cosas que nunca se pueden recuperar: la palabra dicha, la flecha lanzada y la oportunidad perdida", pensó Nelson, mientras entregaba su boleto a la aeromoza de la puerta y se disponía a disfrutar de su viaje de regreso a Miami en primera clase.

Si Ernesto no era Ernesto, refrendado por el certificado de defunción que guardaba en su libreta, la demanda sobre el cadáver y sobre cualquier bien del difunto por Maria Marrero de Rocamador se desestimaría a la primera en la corte. Quedaban muchas preguntas por contestar sobre Ernesto o quien fuese que era, pero ese no era su problema. Ricky le había contratado para ganar el caso de la demanda sobre el cadáver y posiblemente sus bienes. Con el papel que le llevaba, la tenía resuelta.

Y mejor así. Esta pega parecía más y más complicada. Cuanto antes la liquidase, mejor que mejor. Lo del carro de hoy podía no ser una casualidad. Y definitivamente, el registro de su despacho no lo era. Una y una suman dos. Eso lo sabe hasta el que no fue a la escuela. No deseaba una tercera advertencia. Quién estuviese detrás, lo estaba siguiendo de cerca y disponía de medios, tantos como para cruzar fronteras.

"Nelson, el mambo está encendido. Saldo y aire".

Estaba tan satisfecho de la resolución, que hasta se tomaría un par de copitas de champagne, como un mariposón cualquiera. Y cuando llegase, a celebrarlo con Teo y una buena botella de ron, de las mejores, que pensaba adquirir, nada más aterrizar en Miami.

12

Partida de mus

Una semana después se celebraron las exequias de Ernesto Rocamador. Nelson se acercó al cementerio para presentar sus respetos, ofrecer las consabidas condolencias y, de paso, disfrutar un ratito de la presencia de Genoveva, aunque fuese de lejos. Carmelo de Quesada, en primera fila, le saludó muy efusivamente tras despedir el duelo, y le conminó de nuevo a unirse a su partida de mus de los jueves.

Todavía no había encontrado pareja digna de ocupar el vacío dejado por Ernesto y eso que había mirado hasta debajo de las piedras. Estaba en un tris de lanzarse a poner un anuncio en el diario, porque la cosa no podía seguir así; era inaudito. Temporalmente le habían impuesto a un tal Bonifacio "Bonny" Paredes, un majadero de origen canario, aunque

Carmelo, gracias a esta circunstancia, había descubierto por fin el secreto mejor guardado del Vasco: el origen del jamón serrano.

—Resulta que el guanche mentecato compra y vende lo que se le ponga por delante, desde jamones a calzoncillos. Se dio de bruces con un importador atascado con un contenedor entero de perniles en México, se lo adquirió a precio de saldo y anda por ahí blanqueándolo. ¡Fíjese usted! ¡Qué ilegalidad! Sino fuese porque el jamón merece la pena, lo denunciaba.

—Oiga, bueno para usted.

—Si lo dice por el serrano, sí, pero como pareja de mus, además de ser un sandio cenizo, tiene muy poca clase.

—Desde luego no hay nada peor para el juego y la vida que la compañía de una garrapata energética.

—No veo la hora de quitarme al gafe de encima.

—Mejor solo que mal acompañado.

—Hablando en general, estoy totalmente de acuerdo, pero para el mus hace falta pareja. Anímese, hombre.

Nelson se escabulló como pudo, dejando en el aire su posible presencia en Tapas Diego el jueves y se piró a la oficina a adelantar facturas y papeleos, ahora que el caso estaba cerrado y disponía de tiempo libre hasta que se presentase la próxima pega.

El abogado de María Marrero de Rocamador había retirado el requerimiento por el cadáver, al comprobarse que este Ernesto no era "su Ernesto". Puso algún reparo y apuntó la posibilidad de seguir el caso en corte para cobrar la minuta, ahora que la cliente resultó ser una indígena desposeída. Todo se solucionó cuando Genoveva sufragó, con excesiva generosidad en opinión de Nelson, al picapleitos.

Nelson, concentrado en pagar facturas atrasadas y descifrar

la contabilidad, la tarea que más le atrofiaba el cerebro, no se percató de que llegaba un cliente, hasta que éste abrió la puerta.

—¡Genoveva! —gritó, saltando de la silla ante la sorpresa y la impresión.

La viuda, todavía vestida de negro, debía venir directamente del cementerio.

Intentó apartar la caterva de papeles que tenía sobre la mesa, deprisa y corriendo con el consiguiente desaguisado. Más de la mitad se desparramaron por el piso y, para colmo, el café, que intentó arreguindar al vuelo sin éxito, se le volcó sobre el resto.

—Perdone usted este desorden . . . no vengo mucho por aquí —musitó un Nelson que no sabía donde meterse.

—No se preocupe, Nelson. Siento no haberle avisado de mi visita. Ha sido un pronto, saliendo del cementerio. Con Ernesto enterrado, que era mi prioridad, quiero seguir con el caso.

—¿Qué caso? Ya no hay caso. Todo quedó solucionado.

—Solucionado para el mundo, no para mí. Ernesto no era Ernesto, ¿quién era, Nelson? ¿Con quién he estado casada los diez últimos años? ¿Con quién he compartido mi vida y mi cama? ¿Por qué tomó la personalidad de un muerto?

—Genoveva, permítame darle un consejo. Los por qués no llevan a ninguna parte y a veces ni tienen respuesta, por mucho que uno se la busque. Prosiga con su vida, recuerde lo bueno, olvide lo malo y mire al futuro.

Genoveva sacó la chequera de su cartera, firmó un abultado cheque y se lo puso a Nelson encima de la mesa.

—¿Quiere trabajar para mí o no?

"Igual que Ana Rosa, carajo", pensó Nelson. "O sí o no, siempre sin opción intermedia".

—Sí —afirmó Nelson, sin pensárselo dos veces.

Aceptó sin titubeos, aunque sabía positivamente que se estaba metiendo en un gran barretín. Por lo menos lo intentaría. No hay nada peor en esta vida que no atreverse. Si alguna vez se había arrepentido de algo, era precisamente de lo que dejó de hacer, no de lo que hizo, independientemente del resultado.

"¡Qué coño! ¿Como decía el refrán clavado en la puerta del taxidermista Leguizamo? *Más vale vivir 5 años como un rey que 50 como un buey*".

—¿Cuál es el siguiente paso? —preguntó Genoveva.

—Tengo cierta información que me gustaría completar. No le prometo nada. Esta es una apuesta que puede salir bien o no llevar a ningún lado.

—Entiendo. ¿Qué información es esa?

—Recapitulo primero: lo único seguro es que su esposo aparece en el mapa de los vivos como Ernesto Rocamador, en el Distrito Federal de México, en octubre de 1976, al tomar la personalidad de un fallecido con el mismo nombre. Después de esa fecha todo es comprobable con testigos o por escrito. Su trabajo en la morgue, estudios de veterinaria, beca para la Florida, etcétera. Antes de 1976 hay un par de pistas que surgieron en mi viaje a México que debo seguir: su esposo era originalmente porteño e hijo de medico.

—¿¡Porteño, como yo!? —exclamó una apabullada Genoveva.

—Eso parece. Tengo un reguero que huele bien también aquí en Miami, que con su permiso así mismo me gustaría comprobar.

—Lo que necesite, Nelson ... lo que necesite ... ¿Pero, como va a ser porteño si tenía acento mexicano?

—Desde 1976, hasta que se trasladó a Estados Unidos en 1986, vivió en el Distrito y adquirió el deje, tanto por emulación como por la cuenta que le traía si deseaba colar como mexicano el resto de su vida. Una vez asumida la nueva personalidad, no es tan difícil, mire usted —dijo Nelson, comenzando a conversar con perfecta cadencia porteña.

Genoveva se hecho a llorar. Nelson, sin saber qué hacer, corrió a la cocina, arrancó un papel del rollo y se lo entregó para que secase sus lágrimas.

—Lo siento, no tengo otra cosa —reconoció un avergonzado Nelson, ante la incrédula mirada de Genoveva hacia el papel. Sin saber que hacer, allí plantado, con el papel en la mano, lo aplastó con fuerza sobre el charco de café de la mesa, salpicando los escasos documentos aún incólumes y manchándose él mismo la camisa.

A Genoveva le entró la risa ante la escena.

—Por lo menos ha servido para arrancarle una sonrisa.

—Gracias, Nelson, es usted un ángel.

Nelson se puso más hueco que un pavo real.

Genoveva se levantó, ya recuperada, alegre, como a él le gustaba, y se despidió.

—Deberías adecentar un poco la oficina —le dijo Genoveva, tratándole por primera vez de tú.

—Tienes razón, Genoveva —contestó Nelson, más contento que unas pascuas, observándola caminar hacia la puerta como una reina.

"Pocas mujeres de este calibre se pueden encontrar en la vida, Nelson. Y tú has encontrado dos", se dijo, mientras agarraba el ambientador de la cocina para perfumar el contexto, la única manera que conocía de "adecentar" un despacho. Con el dedo a punto de apretar el spray, se arrepintió. Todavía olía a Genoveva. Se sentó, giró el reloj de arena, cerró los ojos y así se mantuvo, inmóvil, hasta que cayó el último grano.

"Y ahora a trabajar, Nelson. Ya has fantaseado exagerado".

Premisa: El caso de la Marrero, cerrado.

Nuevo caso: Indagar quién era Ernesto antes de 1976. Posiblemente argentino, hijo de médico. Ernesto puso en marcha todo un sofisticado mecanismo de búsqueda que echaría a funcionar tras su fallecimiento. Lo preparó al detalle.

Conclusión: Ernesto deseaba que se siguiesen las pistas iniciadas con su fallecimiento, por alguna razón aun desconocida, pero muy relevante para él, si se tomó semejantes molestias.

Tarea: Seguir las pistas de los cuadritos. Además tenemos la santa Biblia, párrafos del Apocalipsis, siete, libro y sellado para cuadrar.

Llamó a Teo para retomar la pista del liger, suspendida a su vuelta de México.

—¿No cerraste el caso, Tigre?

—La señora me ha contratado para indagar el pasado de su marido.

—¿El mangón que te la para?

—Teo, eres un ramplón.

—¿Nos hemos vuelto finolis, ahora que nos codeamos con la alta sociedad?

—Atacante.

—Caracoco.

—Deja de darme chucho y ponte a pinchar.

—¿Y por donde empiezo, mandamás?

—Retomamos lo del liger y volvemos a preparar la excursión. ¿Trabajaste con Sam el Eco?

—Galán nos quedó el grito de la selva. Lo probamos en los jardines del camposanto en el que se acomoda y no veas los mininos que maullaban por todos lados. Sam se llevó un gran disgusto cuando suspendimos el paseo. Oye, por cierto, vaya manguito la que maniobra el sillón rodante. Igual ni te fijaste, ahora que andas embollado por la viuda alegre.

—Bocón, pule suavecito la comunicación a Sam el Eco, no sea que le de un infarto del júbilo. Con esa edad, cualquier subidón puede resultar tóxico.

—Conforme, comandante.

La tarde se le fue preparando la excusión al Jungle Island, que podría realizarse el viernes por la mañana, un día tranquilo en el parque, perfecto para recibir a un grupo de ancianos minusválidos, paralíticos y mal de la azotea. El fin de semana normalmente estaba más ocupado y resultaba más complicado atender a esta tropa.

Se entretuvo en el Internet, curioseando en qué consistía el juego del mus. Él, en sus tiempos, había jugado al póquer bastante decentemente. La baraja española no la conocía muy bien, aunque los viejos cubanos aun la utilizaban en alguna timba. Parecía interesante. Mañana era jueves; igual se acercaba al bar tras preparar todo el equipamiento que necesitaría para la excursión.

Lo más importante de todo era el *taser*, en caso de que el liger no fuese tan machote como lo pintaban. Tenía una versión policial deslizada por un contacto, que descargaba no los 4.000 voltios habituales sino 50.000 y funcionaba desde una distancia de más de 30 metros. El gatito no iba a tocarle ni un pelo.

Lo tenía todo previsto. En operaciones de este tipo, ni un detalle puede quedar al azar. Si se les ocurría pasarles por el detector de metales, él no cargaría el *taser*, lo llevaría bien disimulado en la silla de ruedas de Sam el Eco, que pitaría de todos modos por su composición metálica. En este caso, no siendo un lugar de alta prioridad en seguridad, como un aeropuerto, los guardias suelen realizar un ligero cacheo, sobre todo si se trata de un anciano en silla de ruedas. Si por casualidad uno se ponía chusco, Sam el Eco sabría despistarlo con alguno de sus trucos, como el clásico de remedar pedos, sonido que imitaba inigualablemente bien. Hasta el más concienzudo de los guardias retira las manos escopeteado, tras la primera pedorreta.

Antes de partir hacia México, había dejado encargado a una amiga costurera de Flor Sandoval que le realizase un traje de faena igualito al de los cuidadores del Jungle Island. Estaría solapado dentro de una mullida funda de cojín, sobre la que se asentarían las posaderas de Sam el Eco.

Mirta Pinto tenía unos dedos de oro; aparte de eso, era alegre, gorda, fea de oprobio, iletrada y arrejuntada con otro obeso que ni cantaba, ni bailaba, ni comía fruta, hablaba a grito pelado y jugaba al dominó de pinga. Con lo que sacaba la doña de su máquina de coser, tenían para ir tirando respetablemente, al no acumular excesivos gastos. Sin hijos — Nelson siempre se preguntó cómo se encontraban entre tanta carne— compartían casa con otra pareja más arreglada de peso. La ropa, poca cosa, cosida por Mirta. Para ella, batas amplias, floreadas y aireadas y, para el otro butí, que sudaba hasta por la planta de los pies, pantalones con cintura de goma y camiseta de tirantes. Paseos pocos, por la molestia de las morcillas, así que ni auto. Y el menú a base de grasas saturadas, de lo más económico del colmado.

Desde que comenzó su carrera de investigador, Mirta le cosía todos sus arreglos a la perfección: buzos de currela, trajes de señorón, uniformes para colarse en cualquier lado. Además, bordaba los logos que ni la famosa griega esa Penélope. ¿O era romana?

Cerró la oficina ya anochecido, se pasó por donde Flor a llenar el estómago, de nuevo sin ganas de postre, lo que dejó un tanto mosca a la Sandoval, y se retiró a sus aposentos. No enchufó a Artoo. Mañana era su día libre, el que venía Yanisbel a limpiar. Soñó que caminaba sobre una melena rubia ascendente con fresco olor a champú, hasta perderse entre las nubes.

Al mediodía del día siguiente, jueves, todo estaba listo. Madrugó para acercarse a Palm Beach y acomodar su equipamiento en la silla de ruedas de Sam el Eco. Todo repasado y vuelto a repasar. Teo le acompañaría al Jungle Island por tenerlo a mano y, para mayor seguridad, se encargaría de empujar la silla de Sam el Eco donde guardaba todo su instrumental.

Tras cocinarse tres huevos fritos con tomate y zampárselos con sus dos buenas tostadas, acompañados de un par de Miller, se echó una cabezadita en el sofá. Despertó cuando comenzaba a oscurecer y decidió acercarse a lo del mus, a ver qué onda. Una distracción semejante era la más adecuada para consumir estas tensas horas antes del trabajo de mañana. Ese lapso de tiempo, en el que no se puede hacer ya nada y los nervios están a flor de piel, es el peor. Listo y en capilla, lo mejor es dedicarse a otra cosa hasta la hora B.

A Carmelo de Quesada se le abrieron las puertas del cielo cuando lo vio entrar. Se levantó inmediatamente del tapete, se acercó a recibirle a mitad del restaurante con un efusivo abrazo y lo acompañó caballerosamente hasta la mesa, donde presentó a sus compañeros de juego uno a uno.

—Caballeros, les presento al Señor Nelson Montero, uno de los más prestigiosos detectives privados del país, que tiene la deferencia de interesarse por nuestro juego.

Todos le dieron la mano manifestando su nombre, apellido y nombrete y quedaron a la espera de que el Conde se acomodase para retomar la partida.

Al ver que el Conde no se sentaba y continuaba parado al lado de Nelson, el Vasco tomó cartas en el asunto.

—Tome usted asiento, Nelson. Acerque una silla para contemplar a los maestros. El silencio es sagrado y cualquier gesto puede malinterpretarse. Cara de cartón, mientras dura la partida, es lo más conveniente.

—Vasco, hay un malentendido. Nelson viene a tomar el puesto de Ernesto —soltó el Conde, muy digno.

—El puesto de Ernesto está cubierto —contestó el Vasco, de lo más serio.

—Yo no . . . —musitó Nelson, haciendo amago de retirarse a la vista de la situación, pero el Conde lo retuvo, agarrándole fuertemente del brazo.

—Siento discrepar, Diego. A mi pareja la elijo yo. Sustituir a Ernesto, un hombre tan elegante y de tanta clase, no es tan fácil —afirmó el Conde, mirando de reojo a Bonifacio "Bonny" Paredes, el jamonero canario.

El Vasco sabía que el Conde no cedería en ésta, porque, aunque nunca levantaba la voz dada su corrección, si utilizaba su nombre de pila la cosa iba en serio.

Tras un silencio que podía cortarse con un cuchillo, intercambio de miradas asesinas y la excusada ausencia al baño "por una urgencia" del Virtuoso, al que no le gustaban los líos, el importador de serrano ilegal se levantó muy dignamente y se piró.

—Ya veo que aquí no me reciben bien. Me voy con mi jamón a otra parte.

El Vasco quedó un punto alterado, tanto como para segregar unas gotitas de sudor que le resbalaron desde la calva hasta perderse en la espalda, filtrándose por el cuello de su camisa.

—Tome su puesto —dijo el Vasco a Nelson, que se sentó sin rechistar en la silla aún caliente.

—Y tú, Conde, te quedaste sin serrano como yo sin abuela —masculló en dirección a Carmelo.

—Las cosas trascendentales en la vida siempre exigen grandes sacrificios —sentenció muy decoroso el Conde.

Nelson jugó bastante pasable, a pesar de ser la primera vez que lo hacía, lo que admiró al Conde, que cada vez se reafirmaba más y más en la cordura de su decisión. El Vasco los machacó, pero eso no era novedad; lo mismo le sucedía con Ernesto, y eso que llevaban una década de pareja.

Tras terminar el juego, el Vasco sirvió otra ronda de vino malo y, para pasarlo, unos pinchos de pimientos rellenos y gambas al ajillo, que acabaron casi todos en el buche del Virtuoso.

—Lo siento, Conde —se justificó Nelson ante el estrepitoso fracaso.

—Ha jugado usted con gran dignidad, Nelson. Sepa que Ernesto y yo nunca hemos vencido al Vasco.

—Hay que ser optimista. Llegará el día. Y óigame, el Virtuoso, ¿Pasa hambre? —comentó callado mirando a Facundo Sixto que, disimuladamente, arramplaba con todas las tapas.

—Es artista —respondió bajito el Conde.

—¿Qué tipo de artista?

—De todo, pero mayormente pintor.

—¿Pintor?

—¿Le extraña? Los artistas suelen ser unos muertos de hambre. El mundo es incapaz de apreciar el arte, el color y la sutileza de una flor, la vibración de un pistilo, la luz de la luna . . .

Nelson ya no escuchaba el rollo del Conde. Facundo Sixto. FS, pintor.

Un escalofrío le recorrió la columna vertebral y le sacó de su ensimismamiento. Acababa de notar un roce en la pierna por debajo de la mesa, como de bicho. La apartó a todo meter, tan instintivamente horrorizado, que casi se cae de la silla.

—¿Qué le sucede? —preguntó el Conde.

—He notado algo raro debajo de la mesa.

El Conde se agachó y retomó su posición.

—¡Vasco! —gritó—. Que tienes aquí al gato molestando.

—¡Sabino, vete cagando hostias a la cocina! —vociferó El Vasco desde la barra, donde se encontraba atendiendo a unos clientes.

El miau salió escopeteado y desapareció en un santiamén al escuchar el vozarrón de Diego.

El Virtuoso, acabadas las tapas, se encontraba dormitando en la silla. Habitualmente de pocas palabras, con el estómago lleno tiraba a mudo.

—Y dígame, Virtuoso, ¿tiene usted estudio? —lo sacó Nelson de su sopor.

—Con suerte acomodo, si no pago la renta con retraso.

—El arte está muy devaluado.

—No existe sensibilidad artística, tiene usted toda la razón.

—Me gustaría explayarme con usted sobre arte, si no le incomoda. Le puedo invitar a almorzar el sábado, ¿Qué le parece?

—Con mucho gusto —respondió Facundo Sixto, con los ojillos alborozados, pensando ya en el banquete de pasado mañana.

—Paso a recogerlo a las 12. Le llevaré al restaurante de una amiga mía que cocina unas comidas caseras que se va a chupar los dedos.

Nelson consideró terminada la jornada. Quería acostarse pronto para estar fresco al día siguiente en las que se las tendría que ver con un liger.

—Y a usted, Nelson, ¿Cómo le llaman? —le preguntó el Vasco al despedirse.

Nelson le miró perplejo.

—Me refiero a su apodo, al nombrete.

—No tengo.

—Pues habrá que buscarle uno —contestó el Vasco, ya concentrado en la tarea.

El Conde le acompañó hasta la puerta.

—Conde, creo que le caigo pesado al Vasco, ¿No cree usted que mejor lo dejo?

—Ni hablar del peluquín. No se preocupe usted por el Vasco. Le tenía aprecio a Ernesto, sobre todo porque le trataba a Sabino de balde y es un poco amarreta, pero en cuanto juguemos unas cuantas partidas, se normaliza. Y además, eso del nombrete es buena señal.

—¿Ah sí?

—Sí. En cuanto le encuentre nombrete ya es usted uno de los nuestros. No podrá escaparse.

—Pues qué bien —dijo un agobiado Nelson, imaginándose junto al Vasco el resto de sus días.

Se despidió muy gentilmente del Conde, quien se quedó más allá que contento: "Qué acierto. Un respetabilísimo caballero digno de Roca. Y además posee sensibilidad artística. Sólo le falta interesarse por las orquídeas".

13

———

El grito de la selva

Más vale que madrugaron el viernes. Entre recopilar a todos los ancianos, montarlos en sus sillas de ruedas, transportarlos a la camioneta, plegar las sillas y cargarlas, ayudar a los semi paralíticos a caminar hasta el transporte a la velocidad del galápago, subirlos, acomodarlos, comprobar que medicamentos, bombona de oxígeno para emergencias y otros complementos estaban listos, y negociar los asientos porque todos querían ventanilla, para cuando llegaron al Jungle Island era casi mediodía.

Sam el Eco estaba exultante.

—Nelson, no sé cómo agradecértelo.

—Nada, nada.

—Casi seguro que es el último trabajito que hago, por eso me hace tanta ilusión.

—Si salgo con bien de ésta, ya buscaremos más pegas, hombre.

Tras casi una hora recolocando a Sam el Eco y sus compinches, lograron entrar en el Jungle Island sin mayor contratiempo ni registro. Hicieron un pequeño recorrido y tuvieron que parar un buen rato donde los orangutanes, porque a un pelma del grupo, que debía ser pariente cercano de los primates, se le antojó.

Dada la hora, tuvieron que detenerse de nuevo a dar de comer a la cuadrilla y repartir la caterva de pastillas que cada cual tomaba. Por fin, a las cuatro de la tarde llegaban frente al liger. Como cualquier bicho de su categoría, Nagal era muchísimo, pero muchísimo más grande en persona que en fotografía. Una enormidad.

Uno no se hace una idea del tamaño de un bisonte por las películas de indios y vaqueros. Hay que verlo para creerlo, mejor en el zoológico tras una cerca. Así lo comprobó Nelson la primera vez que apreció uno en directo en una excursión que realizó con la escuela. Se quedó estupefacto ante semejante bestia que, en la tele, desde el punto de vista de un indio a caballo, parecía más bien del tamaño de una vaca grande. Nagar, así de frente, era eso y mucho más: una bestia híbrida con rayas de tigre y corazón de león, que debía pesar media tonelada y poseía unas uñas y unos colmillos de feria.

Se le encogió la verga entre las piernas.

"Las machadas sin sentido que hace uno por una mujer".

A Sam el Eco le entraron ganas de evacuar, como establecido en este punto, así que Teo y Nelson, muy amablemente, se ofrecieron a acompañarlo a los servicios, donde Nelson se calzó el uniforme de cuidador y comprobó que el *taser* funcionaba en toda regla. Agarró la linterna y enchufó los walkie talkies para la comunicación en caso de emergencia y le dio el suyo a Teo, que salió empujando a Sam el Eco preparado para la tarea.

Se quedó a la espera con las huatacas paradas hasta escuchar el "grito de la selva" de Sam el Eco. Aguantó un minuto más, según Teo el tiempo exacto cronometrado que tardaron los gatos machos en reaccionar al grito de prueba de Sam el Eco en la residencia. Segundos después, recibió el OK de Teo.

—Compay, tenemos al liger a tres pasos, con la pinga de un metro parada, mirando a Sam el Eco con ganas de tumbarlo. Adelante.

Nelson cerró los ojos un segundo, se encomendó a todos los santos y salió a jugarse la vida.

Un grupo de visitantes en aumento rodeaban a Sam el Eco y miraban con asombro al anciano aullando, y al liger, empalmado, respondiéndole. Toda la atención concentrada en ellos. Perfecto. Aceleró disimuladamente y entró en el recinto de la fiera. Se dirigió a la cueva artificial donde calculaba que debía estar el cuadrito, porque a la intemperie hubiese durado un verano. La peste animal que le recibió casi lo tumba.

"Mira que no haber previsto mascarilla. Esto de la fauna no es lo mío".

Con una mano tapándose malamente la boca y la nariz y con la otra sujetando la linterna, recorrió el lar de Nagar de punta a punta.

—¡Nelson! ¡Nelson! —escuchó la aterrorizada voz de Teo por el walkie talkie.

—¿Qué?

—Que el minino va para allá.

—¿¡Que qué!? ¿Cómo?

—A Sam le ha entrado la tos. ¿Qué hago?

—Dale un vaso de agua, coño.

—Buena idea. Con los nervios no se me había ocurrido.

—Nervios los míos, berraco. Como salga de esta os vais a acordar de mí.

Nelson cortó la comunicación, se acercó a la entrada de la gruta todo lo sigilosamente que se lo permitían sus temblorosas piernas y vio al gato camino de casa. Estaba atrapado. Si salía, Nagar lo captaba a la primera y seguro que apresuraba. Si entraba en la cueva, iba a ser peor, porque lo tendría contra la pared. La única alternativa estaba en utilizar el *taser* justo en el momento en el que asomase los bigotes, para dejarlo desorientado el tiempo justo de echarse a correr a velocidad olímpica hasta la salida del recinto.

Debía dejar de sudar tan copiosamente, porque los animales huelen de lejos el terror en la transpiración de sus enemigos, en este caso presa. Se acuclilló para rebajar la exposición de un zarpazo a los órganos vitales y, con el *taser* listo, sin atreverse ni a respirar, esperó. Cuando ya casi sentía el aliento del liger en su cara, volvió a escuchar la llamada de hembra en celo de Sam el Eco. Nagar se paró en seco, tornó la cabeza, dudó unos segundos, viró y trotó de regresó a la cerca.

A Nelson le fallaron las piernas al relajarse después de tanta tensión y cayó de espaldas al suelo, donde quedó tumbado, aturdido, con los ojos cerrados, tratando de recuperar la respiración. La linterna, que había resbalado de su mano izquierda, yacía a su lado, encendida tras chocar con el piso, alumbrando el techo de piedra artificial. Cuando se recuperó y abrió los ojos, grabado en la roca leyó: "Al pescado dormilón, se lo traga el tiburón".

"Y al que no espabila, el tigre se lo cepilla", se le ocurrió, así a botepronto, un inspirado refrán de su propia cosecha, que le empujó a levantarse con agilidad, recoger el instrumental desparramado en la cueva y salir en un fuá, quemando tenis hacia los baños.

Tras quitarse el uniforme y refrescarse la cara, vio aparecer a Teo empujando a Sam el Eco con otra "urgente necesidad" física.

—¡Que peste a fiera, chico! —le dijo Teo al acercarse, tapándose la nariz.

Nelson casi lo espachurra allí mismo.

—Igual se ha cagado de las patas para abajo —apuntó Sam el Eco.

Nunca se le había pasado por la cabeza estrangular a un minusválido, aunque, en la vida, siempre hay una primera vez para todo.

Prefirió callarse, porque estaba muy alterado. Recolocó todo en la silla de Sam el Eco y muy dignamente salió de los aseos, sin dirigirle la palabra a ninguno de los dos.

Tras acabar el tour ya casi anochecido, montaron en la camioneta y regresaron a los viejales a la residencia. Nelson seguía sin abrir la boca y ni se despidió de Sam el Eco.

De regreso en su auto recibió una llamada de Teo.

—Chico, no te pongas tan bravo. Todo ha salido a pedir de boca.

—Más vale que no fue a pedir de boca del liger.

—Sam el Eco se ha quedado un poco mustio. Me ha pedido que te transmita su agradecimiento.

—Dile que se . . . no le digas nada.

—Mañana hablamos, tigre. Eres un valiente —dijo Teo, para darle un poco de coba y bajarle los humos.

—Rodeado de mofetas.

—Oye, mofeta tú, que sí que apestas . . .

Nelson le colgó sin dejarle terminar la frase.

—Hola, jefe —le saludó Artoo al abrir la puerta de su apartamento.

Ante el silencio del jefe, Artoo continuó su monólogo.

—Me provoca una Miller.

—Desconecta y carga.

No tenía ganas de conversación. No era normal que estuviese tan berreado. En varias ocasiones corrió peligros de este calibre y nunca se lo tomó tan a pecho. Intuía el por qué. Si no hubiese sido Genoveva la que le encargase el trabajo, la respuesta hubiese sido un "no" con letras mayúsculas. Le molestaba haber cedido ante una mujer precisamente porque le recordaba a Ana Rosa, porque se le parecía mucho, no tanto físicamente sino en el carácter, porque olía lo mismo, porque se reía igual. Terminaría la pega, ahora que se había comprometido, y luego, aire. Con amar y perder una vez en la vida es más que suficiente.

Se metió a la cama un tanto alicaído, sin cenar ni nada.

"Mañana será otro día".

A las 12 en punto estaba recogiendo al Virtuoso del cuartito con derecho a cocina y baño que alquilaba, ilegalmente, en la trasera de una casa en la calle 27. Por allí casi todos tenían inquilinos de tapadillo para poder llegar a fin de mes. Con no aparcar demasiados peroles que bloqueasen la entrada frontal del vecino y despertasen el interés de los inspectores municipales y no meter bulla, nadie abría la boca. Todos tenemos que vivir.

El Virtuoso se había puesto sus mejores galas y hasta lucía un pañuelito anudado al cuello, creyendo que así acentuaba su aspecto de artista bohemio parisino.

Flor los recibió con los brazos abiertos, se quejó de que Nelson la tenía abandonada y les ofreció el especial del día, garbanzos con tocino, en una ración de tal tamaño, que casi hace saltar los ojos del Virtuoso.

Tras el flan, el café y conversación insustancial, Nelson pasó a mayores.

—Por lo que me han relatado, es usted un artista de gran talento.

—Eso dice la crítica, pero el público es otro cantar, no vendo un lienzo.

—Y dígame, ¿Ernesto apreciaba su talento igual que el Conde?

—Mucho más. Un hombre de gran sensibilidad y muy generoso. Me encargó varios cuadros —recordó con nostalgia el Virtuoso, que pudo pagar la renta atrasada de tres meses y comer caliente dos, con lo que le pagó Ernesto por las obras.

—¿Ah, sí? ¿Y de qué?

—Ya sabe usted que era veterinario. Le pinté no sé cuantos cuadritos con animales.

—¿Y cuántos fueron?

—Así de pronto no recuerdo, la verdad. Fue hace más de dos años. Desde luego más de una docena seguro.

—¿Y con qué animales?

—Tigres, leones, tiburones, pingüinos, gatos, perros, cocodrilos, hipopótamos, monos, algún pájaro y hasta unos con orquídeas. ¿Usted quiere que le pinte algo? Le hago un buen precio.

Antes de que Nelson pudiese negarse, Flor, que estaba retirando los cafés, se apuntó a la oferta.

—A mí me gustaría que me pintase uno.

—Con gusto, Señorita.

—Señora, que soy divorciada.

—Pues, parece usted una señorita —dijo el caradura del artista.

—Muchas gracias, caballero —contestó Flor, toda hueca, mirando de reojo a Nelson.

—¿Y qué desea de este humilde artista?

—Un retrato. Siempre me hizo ilusión un retrato.

—¿Una pintura de la bella que cocina como los ángeles?

Nelson se estaba poniendo de los nervios con los tortolitos, así que decidió dar por cerrada la sesión.

—Trae la cuenta, Flor, por favor.

—¿No toman unas copitas? Invita la casa.

Nelson alegó que tenía prisa.

—Que tengan buen día —se despidió Flor, al traer los vueltos.

—Y usted también, señora —respondió el pintor.

—Flor, llámeme Flor, por favor. Y ya sabe, en cuanto tenga usted tiempo libre en su ajetreada vida de artista, hablamos del retrato.

—Flor . . . qué nombre tan adecuado para sus prendas . . . le hago un hueco en menos que canta un gallo —se despidió el Virtuoso, muy ladino, para no dejar entrever que su vida era toda ella un hueco.

Flor quedó levitando y el Virtuoso otro tanto.

En el auto no hizo más que largar, a pesar del silencio monosilábico de Nelson.

—¡Cómo cocina esta mujer!

—Sí.

—¡Vaya garbanzos! Oiga, y el flan, casero . . . casero, de chuparse los dedos.

—Sí.

—Y el cortadito de lo más decente, ¿eh? Porque cada día es más difícil encontrar un café como Dios manda.

—Sí.

Lo dejó en su cuarto.

—Agradecido le quedo, Nelson. Ahora lo que prueba es tirar un pestañazo, después de semejante banquete —se despidió el artista, con el buche lleno y nada que hacer.

A Nelson, lo que le probaba era una copa de ron y compañía un poco menos empalagosa, así que llamó a Teo para avisar de que se acercaba.

—¿Qué tal amanecimos?

—Más o menos.

—¿Y el cuadrito?

—Esta vez no hay óleo.

—¿No encontraste nada?

—Un refrán grabado en la roca.

—¿Y?

—"Al pescado dormilón se lo come el tiburón".

—¿Tiburones?

—Me temo.

—Voy sirviendo el ron —cortó Teo, para calmar la situación.

Nada más llegar Nelson, se sentaron a la mesa y se terminaron la copa en silencio, ambos pensando en vérselas con tiburones.

—He encontrado al pintor.

—¡Coño! Haberlo dicho antes.

—Pero no sirve de mucho. No se acuerda de cuantos cuadros pintó, ni con seguridad los bichos retratados. Además, aunque lo supiera con certeza, también hay cuadros "falsos", como los de las orquídeas de los que pintó tres, pero sólo uno era el que contenía la pista. Esto se puede convertir en el Arca de Noé y el Jardín del Edén combinados y ni tan siquiera sabemos qué buscamos.

—Igual no. He estado pensando.

—Gran novedad.

—Deja el mareo.

—A ver, me callo para darte pista.

—¿Recuerdas los párrafos del Apocalipsis?

—Sí.

—No quiero hacer alarde, pero creo que sé de qué van.

—Venga, chico, suelta.

—El número clave es el siete. Deduzco que hay siete pistas.

—Buena deducción, sigue. Y ojala sea cierto, porque nos faltarían cuatro, contando al tiburón.

—También que buscamos algún libro sellado que puede ser un libro u otra cosa, pero algo que encierra un gran secreto.

—Eso ya lo había concluido yo, porque si no Ernesto no nos hubiese machacado con todas las bestias del mar y la tierra para conseguirlo.

—Yo creo que estamos muy avanzados.

—Si pasamos al tiburón, sí. Y eso sin conocer qué viene después.

—¿Sabes bucear?

—No, ¿Y tú? —contestó Nelson, que no sabía ni nadar, a pesar de haberse criado en Miami.

El agua le daba pavor. Por supuesto nadie se molestó nunca en llevarle a la playa, ni a la piscina, ni a ningún lado, por decirlo todo. Las dos o tres primeras excursiones con la escuela al océano resultaron un desastre. Los compañeros se burlaban de él y, en la única ocasión en la que intentó hacerse el valiente y se adentró un poco más allá de la orilla, un fanfarrón le hundió la cabeza en el agua y casi se ahoga. Tuvo una pesadilla recurrente de ese acontecimiento durante varios años. El resto de los paseos a la playa con el colegio los obvió. Cuando se anunciaba uno de ellos, se quedaba el día en casa enfermo y muchas veces de verdad, porque solo pensar en lo que le esperaba, le producía arcadas y diarrea.

—Yo tampoco. A lo más, floto —contestó Teo.

—Estamos apañados.

—¿Te sirvo otra copita?

—Escancia.

Después del tercer ron, los dos estaban más animados.

—Ya se nos ocurrirá algo, Tigre.

—Eso espero.

Nelson se largó para casa un tanto beodo. Al llegar, aparte de Artoo, le recibió un charco creciente de agua en la cocina. La refrigeradora estaba estropeada.

"Hay días que sería mejor no levantarse de la cama".

Agarró sus herramientas y se dispuso a subsanar el percance. Todo lo arreglaba él mismo, gracias a Dios. Cada vez que se estropeaba algo, se ponía de muy mal humor, no tanto por el trastorno en sí, sino por las implicaciones filosóficas que se le pasaban por la cabeza sobre la sociedad de consumo en la que vivía, de una total obsolescencia planificada, cuyo único objetivo era comprar, usar y tirar.

Su madre tenía una nevera de nombre asesino, Kelvinator, y a pesar de la poca agraciada designación de marca, era un tanque que seguía funcionando como el primer día, después de 30 años. Cuando murió, hizo limpia y la donó. Ojalá se la hubiese quedado. La suya, con 8 años de vida, la había tenido que reparar ya dos veces.

Nelson sabía que en esta sociedad nuestra las cosas se fabrican perecederas a posta para hacernos comprar y comprar. Existen bombillas que duran 20 años, pero a ver quien es el valiente que las comercializa. Sería como tirar piedras contra su propio tejado.

El truco de los nuevos modelos es la segunda pata de esta estrategia. Las empresas, sobre todo las de productos electrónicos e informáticos, planifican a diez años vista. Desde el día uno tienen pensado los "nuevos modelos" que sacarán en la próxima década y los van presentando a cachos para incitar a la clientela a desechar ese modelo tan obsoleto y adquirir "lo último". El que no lo haga, es un paria, o eso deja entrever la publicidad. Si el día 1 de enero se presenta un modelo con altavoces y el día 1 de julio el mismo con cámara, ¿no se podía haber presentado un único modelo con ambas cosas a primeros de año?

El tercer soporte de esta sociedad consumista la componen las garantías y el servicio técnico. Primero, tratan de emplumarte la garantía cuando adquieres el producto, lo que lo encarece aplén. Pero, bueno, ¿no es una señal de que es un mal producto, si ya cuando lo compras, desde el primer día, te aseguran que debes obligatoriamente adquirir una garantía porque se va a estropear?

En cualquier circunstancia, el cachivache casualmente siempre se lastima justo al día siguiente del que caduca la garantía. El servicio técnico, que tiene el calendario estudiado al dedillo, cobra mínimo 100 pesos por recomponerla, si la avería no implica cosas demasiado serias. Pero fíjate que hoy estás de suerte, acaban de sacar el nuevo modelo por 99 pesos, ¡En oferta y mucho más eficiente!

El caso más claro le sucedió cuando se le rompió la impresora que utilizaba de ciento a viento. Tres años clavados de calendario y garantía, y al día siguiente, al enchufarla decía: "Error 34567". Apagó, enchufó de nuevo: "Error 34567".

Tras enchufarla y apagarla otra media docena de veces con el mismo resultado, decidió pasar a la acción. La destripó y todo estaba en su sitio, salvo el "Error 34567". No queriendo claudicar, utilizó el último recurso: investigación en Internet. Acertó de lleno. En un *chat room* se comentaba que la mayoría de las impresoras llevan un chip que "se dispara" a los tres años y un día, produciendo el mensaje de error, obligando así al consumidor a adquirir un nuevo modelo. Localizó el chip, se lo llevó a Teo, lo reprogramaron y tan campante. La impresora seguía funcionando tan ricamente tres años después.

Tras una hora transpirando, logró recomponer la fresquera, se duchó y se metió al catre. Esa noche le pidió a Artoo que entonase "As Time Goes By" de Frank Sinatra, una de sus canciones favoritas.

14

Recuerdos de Lourdes

Se levantó tarde y cansado. No sabía muy bien si fue porque durmió mucho, porque descansó mal o porque se estaba haciendo viejo y llevaba una vida excesivamente sedentaria. Gracias a Dios conservaba todo su pelo, pero los michelines se le habían empezado a acumular a los costados, y una incipiente barriga comenzaba a apuntar.

"Debería retomar algún tipo de deporte o actividad aeróbica", se dijo a sí mismo.

Durante los años que estudió electrónica y estuvo casado con Ana Rosa, practicaba el fútbol en un equipo de aficionados. El entusiasmo no suplía la pericia y terminaban casi siempre los últimos en todas las liguillas, exceptuando un año sagrado que llegaron a cuartos de final. Un milagro irrepetible y que se debió a que uno de sus compañeros de equipo practicaba el vudú y lesionó a más de una de las estrellas de los equipos contrarios con sus pinchos. O eso se rumoreó.

A Nelson no le importaba. Toda su vida había sido un perdedor y lo tenía asumido de entrada. Si ganaba en algo, lo daba como excepcional, lo disfrutaba y catapún chis pun. Teniendo en cuenta de donde venía y las oportunidades que le ofreció la vida, estaba bastante satisfecho de lo que había logrado y, sobre todo, de que no le debía nada a nadie, ni jamás se tuvo que bajar los pantalones ante ningún peje gordo.

Lo del fútbol tuvo su miga. Al principio de temporada, los auto proclamados "entrenadores" voluntarios elegían uno a uno, por turnos, los jugadores que integrarían su selección esa temporada, entre los apuntados en la lista para la liga del barrio.

Lógicamente, optaban primero por los buenos jugadores. Los malos se quedaban para el final, no había más remedio. Darío Torrijos era la excepción. Siempre seleccionaba a los más mediocres para componer su equipo, ante el estupor y las burlas del resto de los preparadores. La liga, a pesar de ser de barrio, era muy competitiva y todo el mundo se empeñaba en ganar, menos Darío que, a pesar de perder siempre miserablemente, era el hombre más feliz del mundo.

Nadie se lo explicaba y menos Nelson, uno de sus seleccionados, hasta que un día se atrevió a preguntárselo en privado.

—Darío, ¿tú me podrías explicar por qué haces una selección abocada a perder?

—A ver, Nelson, tú ¿por qué estás en esta liga?

—Por practicar un poco de deporte y estar en forma.

—Correcto. Yo también.

—¿Y entonces?

—Yo formo un equipo para jugar. El que quiera ganar que se vaya a otro equipo. ¿Tú crees que tú o yo tocaríamos bola, si tuviésemos una alineación de primera? Estaríamos todo el día sentados en el banquillo, tocándonos las otras bolas. Para eso mejor nos quedamos en casa.

Desde luego, bien razonado, pensó Nelson, que desde aquel día jugó con gran entusiasmo y le daba por fly si perdían o ganaban. En este caso, sí que no mentían los que afirmaban que lo importante es participar y esa fue la mentalidad de Nelson, que disfrutaba aplén y se mantenía como un pincel.

Compartiendo tanta derrota, llegó a apreciar a sus compañeros del equipo de perdedores, que ahora, visto con la experiencia que da la vida, eran bastante más parranderos que los vencedores, una cuadrilla de plomos todo el día empeñados en ganar una liguilla de fútbol que no cambiaría la marcha del universo. Y, desde luego, siempre ha sido mejor ser perdedor entre perdedores que perdedor entre ganadores, como lo eran los manta, que jugaban codo con codo con las estrellas del balompié del barrio. Jugar es un decir, porque, como muy bien concluía Darío, se engordaban en el banquillo, rumiando su malaventura bajo la atenta mirada de conmiseración y superioridad que les lanzaban los figura desde el medio campo.

Ahora, quizás, no estaba ya para retomar el fútbol. El gimnasio se la pelaba. Correr era un aburrimiento. No sabía nadar. La bicicleta la consideraba peligrosa. Todos los días aparecían atropellos de ciclistas en el diario. Caminar era como no hacer nada . . . El boxeo quizás le probase. Una actividad aeróbica fuerte, que además le permitía atizarle a un contrincante, y siempre se aprenden trucos para defenderse mejor.

Le vino a la azotea Nicolás "Nico" Ruiz, gerente de la cadena de restaurantes japoneses Kaibun, una de las más lujosas y prestigiosas del mundo, con locales en los cinco continentes. Había confraternizado con él, en más de una ocasión, en varias pegas de Ricky Hurtado, abogado en nómina de la firma, en la que se trapicheaba más que sushi.

Nico practicaba el boxeo con asiduidad. Normal. El tipo de personal con el que tenía que lidiar a diario en su trabajo era de cuidado y más en locales como el de Moscú o México, donde las mafias, muchas veces policiales, le ponen a uno las pelotas de corbata. Y no digamos el puterío, los chulos y el perico que circulaban por los establecimientos, cuya cabecera era el de South Beach.

—¡Tigre! Sin saber de ti hace siglos. ¿Cómo andas? —le saludó Nico al teléfono.

—Tirando, ¿Y tú?

—Haciendo lo que se puede. ¿Qué se te ofrece?

—Creo que le voy a dar al boxeo. ¿A qué gimnasio vas?

—Fetén. A uno de South Beach, cerca del restaurante. Si quieres, mañana nos vemos allí y te presento. Regreso esta noche de Jamaica. Hoy me he tomado el día libre para bucear y quitarme el dolor de cabeza. Llevo cuatro días aquí controlando la movida, que no veas estos feligreses morenos sindicados lo mucho que rezan y lo poco que curran.

—¿Buceas?

—Sí, es mi actividad favorita, junto al boxeo. ¿Quieres bucear también? Soy socio de un club que igual te interesa. Hay muy buenos instructores para principiantes. A mí el buceo me calma mucho los nervios. Debajo del agua no suena el móvil, tío.

—No creo que bucear sea lo mío. Me acerco mañana al gimnasio.

—Gusto hablar contigo. Nos vemos sobre las 9 de la mañana, ¿te conviene?

—Galán.

—Abur.

Aceleró para el caracol de Teo.

—Benditos los ojos —le saludó Teo.

—¿Te acuerdas de Nico?

—¿Cómo se me va a olvidar? Un legal donde los haya.

—Bucea.

—¿Qué me dices, chico?

—Lo que oyes, compay.

—¿Has hablado de la pega con él?

—He quedado mañana con él en el gimnasio de boxeo.

—¿Te vas a enfundar los guantes?

—Cavilo —contestó Nelson, apretándose las grasillas de la cintura.

—Apolíneo te vas a poner de talle y con el ojo cárdeno.

—Todo lo que vale cuesta algo.

—No conocía tu inclinación a la filosofía.

—Yo la tuya a joder, sí.

—¿Te sirvo un ron o también planificas dejar el trago para ponerte escultural?

—Ahora no.

—¿Tiene algo que ver la viuda alegre en tu camino hacia la santidad?

—Chismoso. Ese no es tu maletín.

—No te encares, andoba.

—Al meollo. Si tenemos buzo, ¿cómo hacemos lo del escualo?

—Estuve investigando, para que aprecies que no pierdo el tiempo, mientras tú te pierdes entre las tetas imaginarias de una dama que, con todos mis respetos, está fuera de tu liga. La colección del doctor veterinario sólo incluye una foto con un tiburón y únicamente hay tiburones en el Miami Seaquarium. Como el difunto era veterinario allí, indagué y el escualo es el correcto. Él lo trató de una no sé qué infecciosa de piel. ¿A qué no sabes como se llama el pescado?

—Golpéame con tu sabiduría.

—Eddy.

—Será para que asuste menos.

—Eso si no estudias. Si hincas los codos, aprenderás que estos pejes tienen de dos a tres hileras de dientes a razón de 30 muelas por fila.

—Portentoso.

—Y hay más.

—Cuenta, cuenta que ya se me ha encogido.

—Que los que se van cayendo los reemplazan con colmillos nuevecitos, a punto de caramelo.

—Ya no me la encuentro.

—Y el tal Eddy es de cuidado, por lo que me han comentado.

—¿Y eso?

—Lo tienen aislado en un tanque. Parece ser que es un tanto agresivo.

—Yo no voy a entrar en la pileta.

—¿Le tienes aprecio a Nico?

—Hombre . . . con no soltarle toda la información así de golpe. ¿Y de la seguridad?

—Cierran a las 18 horas. El sistema es pan comido. La mejor manera es llegar por agua en lancha. Mucho más discreto. El aparcamiento queda vacío después del cierre y hay ronda. Un auto allí cantaría la Traviata. Si paramos en la parte que da al mar, dejamos al buzo y nos alejamos hasta nueva orden, no se nota nada. Si nos para alguna patrulla por las cercanías, siempre podemos decir que se nos ha estropeado el motor. A una mala, si no podemos acercarnos a recogerlo, Nico puede bucear amparado por la oscuridad hasta donde nos encontremos. Teo, eres un genio.

—Teo, eres un genio —replicó Nelson.

—Así me gusta, camarada.

—No me llames camarada, que me recuerdas a la mala bestia.

—A la mala bestia le quedan cuatro días.

—Sí, sí . . . eso dicen cada cuatro días desde hace más de 50 años.

—¿Qué, hace una copita ahora?

—Vierte el licor del olvido.

Se marchó por donde había venido y pasó a alquilarse una película para matar la tarde. Eligió *Matrix*. Después de *La guerra de las galaxias* era la que más le gustaba. Tenía su miga. Los majaderos prefieren vivir una vida en sueño, supuestamente acomodada, mediocre, sin sobresaltos, a una real, donde existe gran riesgo, pero también la posibilidad de gran éxito. Las computadoras habían analizado muy bien la mente subconsciente humana, logrando que perpetuasen ese lugar seguro, conocido y libre de riesgos que le es familiar al mentecato y del cual no quiere salir. La mayor parte del mundo prefiere sentirse seguro y pensar que nada inesperado pasará.

Nelson cavilaba que si uno se siente totalmente confortable y a gusto con todo lo que pasa en su vida, significa que no está realmente haciendo nada nuevo en ella. La experiencia también corroboraba su intuición en este aspecto. Había visto una cualidad común en la gente exitosa a cualquier nivel: una seria preocupación cuando se encontraba demasiado reposada en una zona de confort. Entienden las implicaciones negativas que esto conlleva y rápidamente se encaminan de nuevo hacia la acción. Los que mueven el mundo no sueñan, van mucho más allá: proyectan y actúan.

Producir resultados es mucho más importante que sentirse confortable, para este tipo de personas, y Ana Rosa fue una de ellas. Ella quería más y se arriesgó. Le invitó a acompañarle y él se negó, quedándose en el camino. Ana Rosa hizo bien y él aprendió esta lección tarde, cuando ya no tenía remedio. Neo, el protagonista de *Matrix*, era igual. Disfrutaba de una correcta existencia, pero un desasosiego continuo le indicaba que allí fuera había algo más, ni mejor ni peor, simplemente distinto y que merecía la pena arriesgarse, aunque únicamente fuese para saber de qué se trataba. La curiosidad es la madre del descubrimiento. Su mayor enemigo, el miedo.

Tanto esoterismo le dio sopor, así que decidió salir a darse un garbeo para despejarse. Se acercaría a Tapas Diego a matar el rato. Conforme se acercaba a la Calle Ocho, comenzó a escuchar un sonido como de estampida y unos reflejos de colorines en el cielo.

"¡Coño, si es 13 de marzo! Con tanto bicho ni sé en que día me vivo".

Día del Festival de la Calle Ocho, acordonada desde la 12 a la 27 Avenidas. Un despelote callejero con varios record en su haber. El más grande, registrado en el Libro Guinness, a saber: 119.969 tumbaos formaron en 1988 la línea de conga más larga del mundo, nunca superada.

"Si es que los cubanos, cuando nos ponemos a menear las caderas, no hay quien nos iguale".

Otras proezas del carnaval correspondían a la construcción y consiguiente destrucción de la piñata más grande del universo, liar el puro más largo de la Vía Láctea y el mayor número de jugadores de dominó en un torneo del mundo mundial.

Productividad, poca. Ahora, para pasarlo de pinga, maestros galácticos.

Hacía años que no acudía al carnaval. Como en todo, tras la marcha de Ana Rosa, evitaba cualquier lugar común para salvarse de los recuerdos. Le gustaban los churros, y el puesto, si todavía se colocaba en el festival, era su favorito. Giraban en la Zona Parranda al son de la salsa o el merengue. No era muy patón y, abrazado a su cintura, bailaba en un ladrillo. Zapateaba tanto que, a la noche, le dolían hasta los juanetes, lo que no era óbice para templar como los ángeles. Sudorosos y alegres tras el meneo, caminaban abrazados hasta la churrería a repostar; Ana Rosa una coca cola, él su consabida Miller.

Decidió darse un voltio por la feria. Aparcó antes de acercarse demasiado al guateque, para no quedarse estancado con el perol, y caminó varias cuadras, cada vez más transitadas.

Recorrió a paso de burra unos escasos cien metros, debido al tremendo gentío apretujado, y se paró en el igloo de la Coca Cola para preguntar si todavía existía la churrería.

—Pase a *Heavy Papi* y el escenario de los *Streepers del Mambo*. Anda por allá —le indicó un tronco de jeva con un escote tan vertiginoso que secaba la boca a los incipientes clientes de la Coca Cola.

Tras media hora de avances milimétricos, pisotones aplén y empujones multi direccionales vislumbró un kiosco: Churro Manía.

"¡Vaya por Dios! Ya hacemos los churros en plan industrial".

Decidió acercarse de todas maneras y comprar una docenita en honor del pasado. Estuvo en la fila diez minutos.

—¿Oiga, me los quitan de las manos! —gritaba el alegre churrero a la concurrencia para animarla.

Pagó con una mano, mientras sujetaba malamente el cucurucho con la otra.

Degustando los churros que no estaban tan mal, caminó a paso de burra, pasando el puesto de Chef Pepin, el de Colgate y el de General Mills. Llegó, al escenario de Univision, donde se celebraba el concurso "Ídolo del Pueblo". La chusma estaba totalmente absorta con las actuaciones de los cantantes, mediocres aspirantes a estrellas.

Siguió paseando entre el gentío hasta que un sonido le inundó el cerebro. El aire le traía las notas del Conjunto Tropicana. Siguió la huella de la habanera hasta una plazoleta donde media docena de yuntas bailaban acarameladas. Localizó una silla, la arrimó a un costado para no estorbar y, con nostalgia, las contempló mientras se zampaba otro churro.

Se entretuvo en el tremendo trasero de una doña que chequeaba el reloj a cada rato. Cuando se volteó, tremenda delantera. Un mangón bien madurito y, a tenor de la cara de malas pulgas, plantao.

Se paró y se le acercó.

—¿Le provoca un churro, Señorita? —le dijo Nelson, colocándose a su lado y ofreciéndole el cucurucho.

El pollo le miró con cara de pocos amigos. Ojeó el reloj de nuevo y decidió sonreírle.

—Con gusto, Papito —contestó, agarrando uno.

"No hay nada mejor que una brava despechada para entrar a la primera".

Tras bajar muela un buen rato y liquidar los churros, la sacó a bailar.

Un apretujón, que le decidió a abandonar el irrecuperable pasado y el incierto presente en la Calle Ocho.

Lourdes aceptó su invitación a cenar y caminaron hasta Tapas Diego. Nelson la prendió de la cintura con la excusa de la muchedumbre y ella respondió apretando la suya.

Tapas Diego estaba a rebosar por el carnaval. Lo menos una hora de espera para conseguir una mesa, y eso siendo amigo del Vasco. Decidió llevarse el mango y las tapas para casa.

—Vasco, ponme también una botella de vino. ¡Buena! —le gritó Nelson al Vasco, para hacerse oír entre el piquete.

El Vasco le miró con mal careto.

—Aquí el vino siempre es bueno.

—Parafraseo. Cara.

—Ya veo. La compañía se lo merece —respondió el Vasco, lanzando una aguda mirada a Lourdes.

<hr />

Nada más abrir la puerta de su apartamento les recibió Artoo.

—Hola, jefe.

—Hola, Artoo.

—Me provoca una Miller.

Lourdes miraba petrificada a Artoo.

"Coño, con el calentón me olvidé de Artoo", pensaba Nelson.

—Es de mi sobrino—se le ocurrió—. Desconecta y carga.

Artoo se retiró a sus aposentos.

—¿Tu sobrino vive contigo?

—No, que va. Pasa algunos días conmigo de vez en cuando si mi hermana tiene que viajar. Ya sabes . . . divorciada.

—Tú, no estarás casado, ¿verdad?—comenzó a dudar Lourdes.

—No, que va. Vivo solo. Anda, vamos a cenar. ¿No tienes hambre?

—Paso primero al baño un momentito.

—La segunda puerta a la izquierda.

Nelson entró en la cocina a preparar una mesa decente tras haber salvado con bien el percance. Colocó un mantelito, servilletas de tela y dos copas de vino de cristal que llenó con el vino. Arrampló con varios platos y colocó las tapas en ellos para que luciesen mejor.

Velas, no tenía. "Para la próxima", se prometió.

Cuando Lourdes regresó, le ofreció una de las copas para brindar. Tras el primer sorbo, mirándola a los ojos, se le acercó y la besó en la boca. Lourdes colaboró. Su lengua sabía a buen vino, suavemente endulzado por los granos de azúcar supervivientes de los churros. Celestial.

Terminaron en la ducha, esa lluvia artificial que rueda por los cabellos, humedece los labios y resbala suavecito, despertando cada poro de la piel. Se enjabonaron, besando cada gota de agua que tocaba su epidermis. Después de un beso largo bajo el diluvio, Lourdes se volvió de espaldas y él tomó su cintura. La apretó contra su pecho y hundió su cabeza bajo su pelo . . . y aquello se les fue de las manos. Surgieron todos los registros posibles que puedan aparecer bajo el agua tibia, y todo se desbordó.

Cuando intentó abrir los ojos, la luz se los cegó. Un constante pitido le taladraba el cerebro. El dolor de cabeza era insoportable. Ensayó a incorporarse, pero todo le daba vueltas, incluso con los ojos cerrados.

Giró lentamente la cabeza hacía la derecha sin mover ningún otro músculo. Abrió levemente el ojo izquierdo y comprobó que, al menos, estaba en su cama. El despertador marcaba las 7 y sonaba como el retumbar de una sirena de ambulancia. Le pegó un manotazo que lo acalló.

La nebulosa de su cerebro comenzaba a despejarse. Se incorporó lentamente hasta quedar casi sentado, recostado sobre las almohadas. La sien izquierda le latía a punto de reventar. Alargó la mano y tanteó el lado vacío de la cama. No escuchaba ningún sonido, ni ducha, ni trajín en la cocina.

"Vaya, se voló la pajarita", pensó, abriendo por fin los ojos. "Bueno. Si uno tiene que espicharla, que sea así, Dios mío, después de templar como los ángeles".

Se sentó en la cama. Esperó un minuto, hasta que unos puntos de colores giratorios se apagaron, y puso un pie en el piso; luego el otro. Apoyándose en la mesilla, se paró. Aguantó otro rato y despegó la mano. Dio cuatro pasos y se tropezó con algo, cayendo de espaldas a la cama.

"Hoy no salgo del dormitorio".

Al reincorporarse de nuevo, en cueros, observó que tenía una cinta rosada con una tarjetita anudada a la polla. "Recuerdos de Lourdes", decía. Sonrió, mientras la desanudaba y la olía. Perfume a guayaba, el mejor del mundo. Y la de Lourdes se la comió entera, a mordisquitos. ¿La volvería a ver? No conocía su apellido. Ni le pidió el teléfono. Después de la cena, la ducha. Luego . . . un agujero negro en la memoria.

Miró hacia el lugar donde se había tropezado y vislumbró a

Artoo en el dormitorio. ¿Qué coño hacía allí? Todo a su alrededor estaba regado. Las gavetas abiertas, su ropa desperdigada, los cuadros volteados . . . Artoo le contemplaba mudo con . . . ¿Qué era eso encima de su objetivo?

Se acercó con cuidado y descubrió un beso rojo de carmín en la frente de Artoo y una flecha marcada con el lápiz labial que apuntaba a la cámara.

"Primero me ducho".

Tras un buen rato bajo el agua, que le permitió ya mantenerse en vertical sin marearse, se vistió y salió a revisar el apartamento. Todo en el mismo estado, patas arriba. Como no estaba para agacharse, no tocó ni un papel. Pasado mañana venía Yanisbel. Le doblaría el billete, con la condición de que no abriese la boca para despotricar.

Pasó por la cocina para tomarse dos aspirinas. Sobre la mesa, restos de la cena y dos Miller a medias, las que se tomaron tras la gran ducha. Se acercó ambas a la nariz. Obvio.

"Nelson, la misma de siempre. Pillado por los cojones. Tiran más dos tetas que dos carretas".

Regresó al dormitorio, agarró a Artoo y lo llevó a la oficina. Lo revisó de arriba abajo. No parecía tener alteraciones en el sistema. Sí aparecía una nueva grabación de varios segundos realizada a las 4:06:54. Lo trasladó a la sala, lo conectó con la pantalla de televisión y se sentó en el sofá. Apareció la sonriente cara de Lourdes, agachada a la altura de la cámara de Artoo, con las tetas asomando parcialmente de su escotada camisetita.

"Buenas tetas, la verdad sea dicha".

—Hola, mi amor. ¿Lo pasamos de pinga, eh? Recuérdame mucho, papito. Un consejo. Sólo se vive una vez. No te compliques la vida. Si eres buen chico, tu mamirriqui te regalará otro lazo —comentaba la brava con las manos, sobándose los pechos por encima de la blusa. Finalmente, se acercó a Artoo para plantarle un beso en la frente, lanzó otro beso aéreo a la cámara y lo desconectó.

—Artoo, parece que hemos tenido una noche agitada.

—Me provoca una Miller.

—Miller la de anoche, con trampa.

—¿Otra Miller?

—Ya sabemos que la primera vez es especial, pero no te aficiones excesivo. Desconecta y carga.

Se quedó sentado en el sillón, mientras Artoo desaparecía de su vista.

¿Qué tenía que hacer hoy?

"¡Coño, he quedado con Nico a las 9!".

Miró el reloj. Las 8.40.

Se apresuró.

15

Nico en el tanque

A las 9:15 llegaba al gimnasio de South Beach. Nico, con los guantes enfundados, zurrándole la badana a un contrincante el doble de alto, le saludó con la mirada. Al terminar de darle la paliza, se bajó del ring y se dirigió hacia él, luciendo su eterna sonrisa de oreja a oreja, mientras aprovechaba para desenfundarse los guantes.

—Eres un portento —lo recibió Nelson con un abrazo.

—Viniendo del mejor detective de Miami, es todo un cumplido.

—Ya te ganas bien el pan, chico. No se te nota nada cuando das coba.

Aparte de fiscalizar el cotarro en todos los restaurantes,

estar ojo avizor de que los propios empleados no robasen de la caja de los bares, tratar con camareros, barman, guardacoches, paparazzi, mafias, policías corruptos, putas, chulos y los socios capitalistas exigentes a la hora de cascar los beneficios a final de mes, la gran tarea de Nico consistía en embetunar los enormes egos de la clientela con pasta, faena que realizaba con inigualable maestría sin quedar en evidencia.

Siempre sonriente, de respuestas rápidas y chispeantes, duro cuando había que serlo, Nico se había ganado su puesto a pulso, comenzando de camarero, luego de barman, subiendo a director de todos los bares y finalmente escalando hasta gerente de la corporación Kaibun. El caso en el que trabajó con Nelson también le reportó sus buenos beneficios: una pequeña participación como socio en el negocio, que iba viento en popa. La vida era bella para un hombre de 30 años, soltero, sin compromiso y al que se le metían las tías en la cama, dada su simpatía y cargo. A Nelson le caía simpático, porque reconocía en este joven ciertos rasgos muy similares a los suyos, sobre todo el carácter de un hombre hecho a sí mismo.

—A ti no hay quien te entre. ¿Qué, te pones los guantes?

—A eso venía, pero ha surgido un asunto más urgente que deseaba comentarte.

—Explica, Tigre.

—Es un poco largo. Mejor te duchas y lo hablamos.

—Venga. Estoy listo en cinco minutos. Nos vamos para el restaurante y nos tomamos algo, que tengo un hambre de perro.

Nelson se quedó observando a dos púgiles dándose caña en el cuadrilátero. Uno de ellos sangraba por la nariz. Pensándolo bien, quizás esto tampoco era lo suyo. Esquivar, esquivaba bien, pero dar era otro cantar.

El restaurante estaba a tres cuadras y Nico siempre aparcaba allí para ir y regresar del gimnasio caminando, dando un paseo por la playa, así que manejó con Nelson.

Siendo el negocio mayormente nocturno, a esta hora tan temprana, solamente Raúl el encargado, el jefe de la barra, los cocineros y los responsables de abastecimiento se encontraban allí. Se acomodaron en una mesa alta, tras saludar a unos y otros, y pidieron un agua con gas para Nico y una cerveza para Nelson. Nico encargó también algo de picar para él, ya que Nelson no tenía hambre y, realmente, esto de la cocina japonesa, aunque no se lo mencionó a Nico, le parecía una mariconada.

—Al grano, Tigre, como siempre.

Nelson le explicó la movida del escualo, tratando de no ponerlo muy negro.

—Los tiburones son bastante pacíficos. Lo que tienen es muy mala fama sin razón. Yo he buceado docenas de veces con ellos y jamás uno me ha molestado. Si no te metes con ellos, ni se fijan.

—Qué bueno —contestó un aliviado y sorprendido Nelson.

—¿Cuándo es el trabajito? —comentó Nico, al que le probaba la pega, dado su carácter atrevido y valiente.

—Lo antes posible.

—¿Has contratado la lancha?

—Todavía no.

—Déjalo de mi cuenta. Tengo la persona de confianza para ello. Si se puede, lo haría mañana mismo, ¿te conviene?

—Da gusto alternar contigo.

—Favor que me debes.

—Lo registro —sonrió Nelson, que conocía muy bien las leyes de la calle: favor que se hace, favor que se paga tarde o temprano. Nico también vivía según esta ley, la única manera de conservar el pellejo entre los que no trabajan de 9 a 5 en la oficina.

Cuando llegó la comida de Nico, le probó la pinta y decidió animarse. Con el olorcito, el estómago se le comenzaba a animar. Se ve que estaban pasando los efectos de lo que fuese que la mamacita le puso en la Miller.

—No cocinan tan mal estos nipones —comentó, tras acabarse el sabroso plato. Por lo menos, venía acompañado de una buena ración de arroz.

—Hay que saber ordenar.

—Como en todo.

—De postre, un mojito de la casa.

—¿Mojitos japoneses?

—Hombre . . . el ron sigue siendo el ron. Te pongo Zacapa añejo, que yo sé que tú distingues. Lleva sirope de miel en lugar de azúcar y cambia el cítrico, yuzu en vez de limón.

—Exótico.

—Hay que vender, chico.

La copa de cóctel llegó adornada por una rodajita de naranja. Tras probarlo, Nelson valoró.

—Efectivamente, el ron es el ron. Si es de primera, el mojito cuela. El resto, mariconerías.

Recibió una llamada de Teo todo excitado. Como siempre, cada vez que descubría algo, echaba a volar las campanas.

—Deberías meterte a sacristán.

—Me beatificaban en un santiamén. Acércate que tengo un boom-boom.

—¿No se puede comunicar por el cable?

—No queda tan bien.

—Lo que no queda es que no puedes hacer alarde en el bejuco.

—Me gusta la pompa, Tigre.

—No me lo digas, que no lo sabía. Apremio.

Se despidió de Nico, que quedó en avisarle esta misma tarde si al día siguiente, con nocturnidad y alevosía, podían ya asaltar el acuario.

<hr />

Teo había corrido un algoritmo por toda la información del caso y un dato resaltaba sobre todos.

—De premio, tigre —le saludó al llegar.

—¿Has aprendido a hipnotizar tiburones?

—Mejor, mejor. ¿Recuerdas que te dije que posiblemente andábamos detrás de siete claves según el Apocalipsis?

—Yes, my friend.

—He confirmado que, efectivamente, son siete y tengo la inicial de cada una de ellas.

—Desahógate, hermano.

—La primera era la perra Elba con E. La segunda esa flor de nombre jodido con R, la tercera el tigre Nagar con N y ahora el pescado con E. Junta las cuatro letras, compadre.

—ERNE.

—¿Qué nos falta?

—STO.

—¡Premio al señor con el boleto ganador!

—Así que tres bichos más con S, T y O.

—Es que no sé que hacer conmigo mismo de lo lince que soy.

—Deberías transfigurarte en pavo, para pavonearte un poco más.

—¿Convenciste al futuro difunto?

—¿Nico?

—Sí.

—Dice que los tiburones son como la Madre Teresa de Calcuta.

—¿Está bien de la mollera?

—Preferí no indagar.

—¿La lancha?

—El buzo la localiza.

—Gran favor nos hace el cuate.

—Y gran favor le devolveremos algún día, no te quepa duda.

Nico llamó confirmando la disponibilidad de su amigo y la lancha. Todo dispuesto para la incursión nocturna del día siguiente.

—Celebremos con una copita —dijo Teo.

—¿Sabías que hay mojitos nipones?

—¡Anda ya! No me des chucho.

—Nico me invitó a uno.

—¿Y?

—Cabal. Ron Zacapa añejo, sirope de miel y un cítrico anómalo que, si mal no recuerdo, se llama yuzu.

—El ron es el ron, Tigre. Con Zacapa, agitas mojitos nipones, rusos y australianos.

—Eso mismo pensé yo.

—Vamos a tener que pasar menos tiempo juntos.

—¿Y eso?

—Dicen que los que se arrejuntan tanto, terminan parejos.

—¡Qué majadería!

—Oye, hasta los amos se parecen a los perros después de un lapso. Lo he visto en el Science Channel.

—No tengo cable.

—Deberías.

—¿Para perder el tiempo con semejantes gansadas?

Nelson se fue para su casa, tras el consabido ron, a pelo, sin mariconerías. No era Zacapa añejo, pero no le quedaba a la zaga. Un destilado colombiano, Viejo de Caldas, suave en el paladar, como lengua de hembra cachonda.

━━━━━

Un tronco de cuero bronceado perfecto y cuadrado de gimnasio, al que se le notaba la pluma de lejos, les esperaba en el muelle con una lancha último modelo, lista para la función.

Yubrant poseía un floreciente negocio de paseos acuáticos para turistas en lancha, kayak, yate o velero, la mejor excusa para encontrarse en cualquier parte de la bahía a cualquier hora del día o de la noche sin significarse. Aparte de eso, era la pareja de Alberto, buzo de la policía, uno de los mejores amigos de Nico y miembro, como él, del club de submarinismo.

—Gallardo el marinero— comentó Nelson.

—No te hagas ilusiones, está comprometido —se burló Nico.

—Afligido me quedo.

Yubrant les hizo ponerse los chalecos salvavidas, precaución que Teo agradeció enormemente y no digamos Nelson, al que se le ponía un cuerpo serrano, nada más acercarse a la orilla del mar.

Para cuando llegaron a las cercanías del Seaquarium era ya noche cerrada y no se veía un elefante a medio metro, gracias a que no había luna, detalle que Nico comprobó antes de acomodar la excursión.

Mientras Nico se preparaba con la ayuda de Yubrant, Teo manipulaba la computadora y Nelson rezaba con el estómago revuelto y la cara de color verde ceniciento.

—Igual deberías haberte quedado en tierra, marinero de agua dulce —le comentó Nico.

Nelson no podía ni contestar de las nauseas, aunque todavía conservaba cierta lucidez, como para pensar que el hijo de la chingada tenía toda la razón.

Yubrant acercó la lancha a la costa lentamente y con el motor a mínimos, para no meter bulla hasta que lo consideró prudente. Nico se lanzó al agua.

—Chao pescao —se despidió Teo.

—Buena suerte, mi niño —le dijo Yubrant, tirándole un beso.

Nelson hizo amago de mover la mano para desearle suerte, pero un pinchazo en el costado le hizo doblarse y ya, sin poder contenerse más, se asomó a la borda y vomitó.

Quince minutos después, Nico informó por el comunicador que estaba junto a la red de entrada. Tres minutos más, y Teo mandaba la señal a Nico de que el sistema de seguridad perimetral estaría desconectado un minuto exacto, justo para darle tiempo a entrar buceando en la primera piscina del acuario y que los vigilantes pensasen que la desconexión solo fue un error en el sistema o un bajón de tensión, muy frecuentes en la red eléctrica de Miami.

Y ahora, a hacer tiempo, hasta la nueva señal de Nico para desconectar de vuelta el sistema y permitirle la salida.

Mientras Nelson vomitaba, Nico se escabullía en la segunda piscina del acuario, hasta llegar a tierra firme. Debería rodear un par de edificios antes de llegar al que albergaba el tanque del tiburón. Pasó el primero sin contratiempos. Al acercarse al segundo, comenzó a escuchar unos sonidos curiosos. Se tumbó rápidamente tras una gran mata. Gemidos de mujer en celo se aproximaban hacía donde se encontraba, ante su creciente perplejidad. Un grito orgásmico, como de samurai en plena batalla, le sorprendió por su proximidad. No entendía nada y no deseaba levantar la cabeza para dilucidar qué estaba sucediendo. Vio los pies de un vigilante pasar a su lado, casi rozándole la cabeza. Los gemidos se fueron alejando a la vez que el guarda. Asomó la cabeza y contempló al patrulla, caminando, absorto en un iPad. Como se descuidase, se empotraba contra algún pilar.

Cuando cayó el silencio de nuevo, prosiguió. Antes de entrar en el edificio del escualo, comprobó la situación del resto del equipo de seguridad. Con los prismáticos de visión nocturna, enfocó la torreta central, acristalada. Uno cabeceando y el otro sufriendo con un partido de fútbol americano en la tele. En este sector del acuario, no distinguió a nadie más.

El tiburón era un señor tiburón. Nico lo observó un rato desde el cristal, admirándolo, mientras el animal rodeaba la alberca una y otra vez, en su triste destino circular que comenzaba y acababa, siempre, en el mismo punto. Un ejemplar que debería recorrer los océanos en lugar de estar allí, consumiéndose para la diversión de unos cuantos cobardes que jamás osarían contemplar a un animal de esta categoría en su hábitat natural. Los que nunca se atreven a vivir la vida, sino a observarla de lejos y, siempre, domesticada. Esos que, al final, lo único que hacen es dar vueltas al tanque, igual que este magnífico animal.

Él había nadado con tiburones docenas de veces. No les tenía miedo, pero sí gran respeto y admiración. Nunca tuvo un incidente.

Se metió en el depósito con tranquilidad. El tiburón lo localizaría a la primera, por mucho que intentase hacerlo sin molestar la alberca. Perciben cualquier vibración del agua a su alrededor, por mínima que sea.

Comenzó a nadar con parsimonia hacia el fondo. El rey de los mares se le aproximó, le rodeó varias veces, sin acercársele excesivo, y regresó a su recorrido circular de cautivo enajenado.

Ni era enemigo, ni almuerzo, nada que llevarse al coleto. Los humanos somos pocos sabrosos. Donde esté una buena y grasienta foca, que se quiten los pellejos.

Bajó al fondo y lo recorrió, rebuscando entre la vegetación. Levantó varios ornamentos, sirenas, castillos, columnas, rocas, hasta que dio con lo que buscaba.

Se despidió mentalmente del pobre bicho y rehizo el camino hasta la piscina de salida, sin mayores contratiempos. El guarda del porno no apareció por ningún lado. Debía estar cascándosela en el baño, tras la sesión *online*.

En total, hora y media de tensa espera sin incidentes, exceptuando el casi cadáver de Nelson, que cada vez estaba peor con el bamboleo del bote parado y ya no tenía nada más para vomitar. Se encendió la luz verde del comunicador, señal de que Nico estaba listo para el regreso. Quince minutos más y estaba de vuelta sin percance, con la replica de un castillo en miniatura enganchado al arpón.

Nelson, tumbado, intentaba decirle algo sin conseguirlo.

—Confiesa tus últimas voluntades, hermano —dijo Nico, acercando la oreja a la boca de Nelson, como a la de un moribundo.

—¿Encontraste algo?—musitó casi inaudible.

—Sí, penitente. Te absuelvo de todos tus pecados, que seguro que son muchos y variados y mañana hablamos —terminó Nico, haciendo un remedo de la señal de la cruz sobre la frente de Nelson e indicando a Yubrant que ya regresaban a casa.

Dejaron al grumete macizo atracando el bote y recogiendo los trastos y entre los dos ayudaron a Nelson a llegar hasta el auto de Teo. Dejarían allí el perol de Nelson, que de ninguna manera estaba en condiciones de manejar. Lo acomodaron tumbado en el asiento trasero y Nico los siguió en su máquina.

Llegados a la casa de Nelson, un Artoo animadísimo recibió al trío.

—Hola, jefe.

Nelson lo miró con ojos de pena, sin poder contestar.

—¿Qué cojones es esto? —dijo Nico, asombrado.

—Me provoca una Miller.

Teo miraba entre asombrado y divertido a Artoo y a Nelson. Este último intentaba comunicarle algo al oído, sin éxito.

—¿Qué?

—Desconecta y carga —le decía bajito Nelson a Teo.

—¿Desconecta y carga? ¿Eso dices? ¿Deliras? Estás peor de lo que pensaba —habló Teo.

Artoo se dio media vuelta y se largó sin decir media palabra más. Oyeron un par de bostezos a lo lejos, unos cuantos clicks y luego silencio.

Metieron a Nelson en la cama y, mientras Teo le acompañaba, Nico salió a comprar manzanilla.

Tras darle la infusión y apagar la luz, los dos se sentaron en la cocina a tomarse unas Miller, que agarraron de la refrigeradora donde, de todas maneras, no había nada más.

—¿Qué era eso? —comentó Nico.

—El R2-D2 de la *La guerra de las galaxias*.

—Hombre, ya lo sé, jefe. Pregunto qué hace aquí paseándose y saludando.

—Yo no pienso preguntárselo al tigre. Te aconsejo que hagas mutis por el foro en esta cuestión.

—OK.

—¿Qué tal con Eddy?

—¿Quién?

—El escualo.

—¿Se llama Eddy?

—Tal cual.

—Que poca gracia nombrando al rey de los océanos.

—Y que lo digas.

—Ni un problema. Me dio un par de vueltas, dedujo que no era ni un contrincante, ni un buen bocado y me dejó en paz.

—Así visto, chico, parece la mar de pelado.

—Los tiburones son bien simples. Éste además está bien comido y acostumbrado a los buzos que lo alimentan y limpian el tanque. Más complicadas son las mujeres.

—En lo de las mujeres tienes razón.

—Lo que yo te diga.

—¿Y la vigilancia?

—Poca cosa pasa en el acuario. El único guardia que tuve que esquivar estaba tan campante haciendo ronda, mientras contemplaba una peli porno en un iPad, tan concentrado que yo creo que le pasa un batallón de marines por delante y ni se entera. Los de la garita del frente, uno adormilado y el otro sufriendo con un partido de fútbol americano. Creo que eran los anormales de los Jets de Nueva York contra los Dolphins de Miami.

Tras terminarse la cerveza sin más conversación, Nico se levantó.

—Ala, vamos. Acompáñame al carro y te doy el castillo. Mañana te llamo a ver cómo anda el tigre.

—Al catre, que ha sido un día intenso.

Comprobaron que Nelson dormía el sueño de los justos, a pesar de estar todavía un tanto amarillento y, en silencio, salieron del apartamento, no sin antes pasarse por el cuarto de invitados a echar una última ojeada a Artoo, el secreto mejor guardado de Nelson, al que nunca volverían a mentar.

—Cada cual tiene lo suyo —fue lo último que comentó Nico al despedirse.

———

Nelson se levantó casi al mediodía y se preparó otra manzanilla. Bajó al garaje y se encontró sin el auto. Su primera reacción fue pensar que se lo habían robado.

"Coño, si me lo dejé en la marina".

Llamó a un taxi y, entre la ida y la vuelta, se le hizo media tarde, así que decidió pasarse por la oficina a terminar la ingrata tarea de pagar facturas, porque algún día de estos le iban a embargar.

Al llegar se enfrentó al desbarajuste de siempre. Desde que recibió a Genoveva, no había regresado. El café derramado se había secado y apelmazado en los recibos, confiriéndoles una apariencia de valiosísimos pergaminos del siglo XII. El ambiente olía a humedad y a café pasado.

Enchufó la computadora y se dirigió a la cocina para agarrar una esponja húmeda y el ambientador, la solución más inmediata. Al regresar, escuchó como un ruido de ventilador afónico procedente de la computadora, que finalmente escupió un puf-puf de locomotora vieja y se apagó.

"Hoy no es mi día . . . ni ayer tampoco".

Perfumó con el spray para al menos matar el olor a cuadra y se largó, antes de machacar la computadora a patadas.

"Tengo que contratar a una secretaria para el papeleo", pensó.

Teo le esperaba con una manzanilla que se tomó sin rechistar y con la replica de un castillo acuático en cuyo interior decía: "Cien ratones a un gato, le dan un mal rato".

—¿Ratones o gatos?

—Gatos. No creo que el doctor veterinario tratase ratas. ¿Cuántos retratos de gatos hay?

—Cuatro —contestó Teo.

—Yo conozco un gato que se llama Sabino, paciente del doctor veterinario. Me juego el cuello a que es este el que buscamos.

—¡Coño, con S!

—Para que veas que no solamente tú eres un portento.

—¿Y donde caza ratones Sabino?

—En Tapas Diego.

—¿El antro de la Calle Ocho?

—El mismo.

—¿Has estado allí?

—Una vez.

—¿Y?

—Hay un surtido de tipos curiosos. ¿Qué tal le fue a Nico? Tengo que llamarle para agradecer. Ayer no estaba en condiciones.

—No te prueba el agua. A mí tampoco. Somos de secano. Dice Nico que le fue cabal. El Eddy mansito, un atún.

—Que bueno. Me abro para el bar.

—Con bien.

16

———

Los bichos de los Everglades

Diego le recibió con su careto de siempre, de cartón, y un vino malo que rechazó, alegando problemas digestivos.

—¿Cómo anda el bisnes?

—Camina.

—Quería hacerte una pregunta.

—Interroga.

—¿No tendrás un cuadrito de Ernesto con Sabino?

—Por ahí debe andar.

—¿Dónde?

—En el almacén, supongo. No es ninguna obra de arte. Te lo puedes llevar, así hago hueco.

—¿El camino?

—La puerta del fondo a la derecha. Pasas los baños y a la izquierda.

—Gracias.

—A la orden.

Nelson entró en una despensa con olor a vino agrio, muy mal iluminada. Tras veinte minutos de recolocar tarros, botes, botellas, paquetes y cajas, dio con el retrato detrás de un saco de arroz Valencia para paellas. La obra de arte aparecía toda manchada con restos de salsa de tomate, dedujo por el olor. Buscó algo con qué envolverla, agarró unos papeles de periódicos viejos que andaban por allí y regresó al frente.

—¿Hubo suerte?

—Sí —contestó Nelson, mostrándole la obra.

—¿No tomas nada?

—Tengo el estómago a la virulé.

—Con clientes como tú no hago caja.

—Te pago por el cuadrito.

—Soy cantinero no ladrón.

—Se agradece la honradez y la largueza.

—¿Vienes esta semana a la partida?

—Creo.

—Avisa.

—Dichabado.

—Abur.

Este Vasco era de pocas palabras y armas tomar. En cuanto saliese del caso, por sus muertos, que lo tumbaba al mus. No sabía cómo, pero esa era su próxima meta.

De vuelta en casa de Teo, desarmaron la pintura.

"El que con caimán afana, poco arriesga y mucho gana".

—¡No me jodas, que ahora nos las tenemos que ver con caimanes!

—Por lo menos sólo hay una foto —señaló Teo, tras revisar la compilación en la computadora.

—Vaya consuelo.

—Ganamos tiempo.

—Vaya consuelo.

—¿Sigues mal del estómago? Eso produce gases y muy mal carácter.

—Deja la vaina. ¿Dónde está el caimán con T?

Tras un rato investigando en Internet y un par de llamadas telefónicas, localizaron al reptil en el zoológico.

Tomás era el rey del mambo de la isla artificial conocida como Alligator Flats del zoológico, donde 10 animales de esta especie vegetaban entre 32 toneladas de roca, 72 toneladas de arena en la playa artificial y palmeras cocoteras y de las otras.

Por supuesto, Tomás, el macho dominante del cotarro, medía 10 pies y pesaba 1.000 kilos, gracias al escaso ejercicio que se practica en el zoológico y una dieta consistente mayormente en pollo, conejo y pescado y, ahora, como se descuidase, Nelson de postre.

—El veterinario no lo pone fácil —comentó Nelson.

—Una de cal y una de arena. Después del minino, el cocodrilo.

—Has hecho rima.

—No conoces todas mis prendas.

—Ni quiero.

—Aprenderías de un maestro.

—Estoy ya poco tierno para asimilar.

—¿Alguna vez lo estuviste?

—En Hialeah no dan muchas oportunidades.

—Me lo dices o me lo cuentas.

—¿Tenemos otro Nico al que los caimanes le parezcan lagartijas?

—No, pero es buena idea. ¿Qué estás elucubrando?

—Si en algún lugar hay expertos en caimanes, es en la Florida.

—Cierto.

En menos que canta un gallo, localizaron a Frank Torricelli, candidato ideal y propietario de la granja All Alligator, en los Everglades. Frank ofrecía visitas guiadas en aerobote por estas zonas pantanosas llenas de bichos peligrosos, como caimanes, pitones y millones de mosquitos.

Complementaba el negocio con una granja de caimanes que, en el momento preciso, servia troceados a la brasa en el pequeño y concurrido restaurante, donde los platos estrella eran la cola en barbacoa y las costillas picantes de caimán. Una tienda ofrecía también diversos productos locales, entre ellos salsa de caimán.

Frank trabajaba también esporádicamente para la policía local, atrapando caimanes escapados de su hábitat natural. Con tanta agua por todos lados, canales a tutiplé, lagos y lagunas artificiales en urbanizaciones que se alimentaban de estas vías fluviales, los caimanes a veces nadaban de allá para acá, colándose por todos lados.

Un día aparecía uno en un estanque de un complejo residencial y se jalaba al perro de una pobre doña que paseaba por la orilla, a la que casi le dio un infarto del susto. En dos ocasiones el mismo caimán tuvo que ser desplazado de la laguna central de la Universidad de Miami, donde fue descubierto el día en el que un estudiante borracho casi pierde la vida tras decidir atravesarla en pelotas, para diversión de sus compañeros beodos. Los compadres de la orilla, horrorizados al descubrir al reptil, animaban al finalista olímpico, que realizó la carrera del siglo para conseguir llegar al borde en una pieza. Vamos, que ni Mark Spitz y sus siete medallas de oro hubiesen podido compararse.

En otra, desalojó a un despistado de una alberca en una mansión al borde de un canal, ante la mirada estupefacta del dueño que no creía sus ojos al ir a darse su baño matinal y encontrarse semejante visitante refrescándose en su piscina.

Finalmente, un caimán de lujo decidió cambiar su residencia a un estanque más elegante de un campo de golf de Coral Gables. Fue descubierto por un jugador amarreta, al que se le quitaron definitivamente las ganas de recuperar bolas sumergidas, tras casi perder la mano de un bocado.

En su bisnes, Frank era la estrella indiscutible, y había ilustrado las páginas de los diarios locales en más de una ocasión, mostrando orgulloso el espectacular resultado de sus sudores.

Se comunicaron con él y quedaron en pasarse a cenar para hablar de negocios. A las 8 en punto llegaban a All Alligator, donde en el minuto y medio que tardaron en alcanzar el local desde el aparcamiento, los mosquitos les acribillaron, produciéndoles un notable mapa de picaduras, especialmente en brazos, cuello y tobillos.

Frank, tercera generación familiar sobreviviendo en los Everglades, tenía inmunidad contra los insectos, facultad desconocida para Nelson y Teo, a los que recomendó pasar por la tienda bien provista de variadas lociones contra la picazón, consejo que siguieron sin rechistar. Adquirieron la más potente, se embadurnaron enteros y regresaron al comedor, apestando a calamina.

El olorcito de las costillas a la barbacoa les animó y les distrajo momentáneamente de la tarea de rascarse sin descanso.

Nelson estaba ya bastante mejor del vientre y se animó a probar un par, regadas con una cervecita fresca.

Tras atender a unos pocos clientes más, Frank se quitó el mandil y se sentó a su mesa, muy animado ante la perspectiva de una pega interesante, porque últimamente no había meneo alguno, y el aburrimiento es muy tedioso.

Jeans ajados, camiseta grisácea desgastada, posiblemente de color negro en el pasado, y tenis blancos mugrientos, era el atuendo de un Frank flaco como una espiga. Una única turgencia de su silueta destacaba al costado: la faca bien afilada y guardada en una funda, colgada del cinturón.

La poca carne que mostraba en los brazos era todo músculo, recubierta de tatuajes desde el antebrazo a la muñeca. Una nariz protuberante y un candado adornaban un careto de aires juveniles, a pesar de la edad, y esos profundos surcos verticales producidos por la vida al aire libre, no precisamente de coto de caza y partido de golf.

El pelo liso, entrecano, le llegaba por encima de los hombros, a modo de melena campera, y unos dientes blanquísimos contrastaban notablemente con el profundo bronceado de su piel, resaltando aún más el colmillo de oro que mostró al sentarse a la mesa y brindarles una amplia sonrisa.

—¿De qué se trata? —inquirió con la ilusión de un adolescente.

—Despistar a unos caimanes en el zoológico y registrar el área, en busca de un cuadrito u objeto con un refrán. El acceso es cosa nuestra.

—¿Eso es todo?

—El reptil mide 10 pies, pesa 1.000 libras y corteja diez hembras.

—La psicología del caimán es muy simple —señaló Frank.

—Este es de los míos —argumentó Teo, quien utilizaba el estudio psicológico de sus víctimas, para adivinar las claves que utilizaban y romper cuentas bancarias, correos, servidores seguros y lo que se le pusiera por delante en el mundo cibernético.

—Rodeado de psicólogos estoy —contestó Nelson.

—¿Y la doña esa que te la para no es psicóloga también? —pensó Teo en voz alta.

—Es psiquiatra, de las de verdad, no como otros, y aunque me la pare es cliente. Deja ya de joder.

—Aprecio que son ustedes viejos amigos —intervino Frank.

—Hombre, amigos, amigos. Llámele usted conocido y va bien servido —dijo Nelson, produciendo un pareado.

—Chistoso. Explíquele usted eso de la psicología que, aquí, mi conocido es un escéptico —prosiguió Teo.

—Los caimanes se mueven poco, a no ser para comer y para templar. Si encima no tienen que buscarse ni el sustento, ni la hembra, todavía están más aletargados. En este caso es aún mas sencillo, porque todo consiste en mantenerlos a raya, mientras se fisgonea. Si se les deslumbra con una luz en la oscuridad, se quedan quietos paraos. La caza y captura es un poco más peliaguda, pero están ustedes en presencia de un maestro.

—¿Es usted muy modesto o me lo estoy inventando? —opinó Nelson.

—La verdad es siempre la verdad. No me prueban los gallos tapaos. De todas maneras, siempre llevo mi instrumental. ¿Saben ustedes que algunos de los artilugios, que hoy emplean los tramperos en los Everglades, son de mi invención?

—Enhorabuena —soltó Nelson.

—Desgraciadamente, el sector está jorobao —concedió Frank, haciendo caso omiso de la ironía de Nelson.

—¿Y eso? —se interesó Teo con pena.

—Las pitón y otras especies similares. El año pasado se calcularon cerca de 30.000 en los Everglades. Esas bestias pueden llegar a medir 10 pies y, como no tienen depredadores en la zona, se multiplican aplén. Sus únicos enemigos son los caimanes y me los están diezmando.

—¡Qué pena! —suspiró Nelson, al que ambos bichos se la pelaban.

Teo le miró con cara de malas pulgas.

—Se tragan hasta un pastor alemán.

—¿Y cómo han alcanzado los Everglades? —preguntó Teo.

—Porque el mundo está lleno de descerebrados.

—En eso le doy la razón —corroboró Nelson.

—El año pasado, una de ocho pies estranguló a una niña de dos años mientras dormía en su cuna.

—¡Qué horror! ¿Y cómo se coló en la casa? —inquirió un espeluznado Teo.

—No tuvo que colarse. Era del anormal del padre. Las compran pequeñas en los comercios de animales exóticos, que las importan mayormente ilegalmente. Cuando crecen, los idiotas se apendejan y las sueltan.

—¡Qué irresponsabilidad! ¿No se puede hacer nada? —ofreció su opinión un irritado Teo.

—La última temporada concedieron 19 licencias para atraparlas. Yo conseguí una de ellas —afirmó Frank, mostrando todo orgulloso su cinturón de piel de pitón—. Hay tantas que es imposible diezmarlas. Atrapé un centenar. Si desean, en la tienda vendo cinturones de pitón a muy buen precio. Los elabora un amigo mío que es un artista. Este año, las autoridades han decidido abrir 700.000 acres de los Everglades a cualquiera que tenga una licencia de caza, para que atrape las pitones que pueda. Veremos como va la cosa. Yo lo veo futete, a pesar de todo. Son una plaga, aunque de rebote voy a estar muy ocupado.

—¿Y eso?

—Se han solicitado licencias hasta de Australia, y los de Control Animal me han pedido que dé unos cursillos a los novatos. Buenos billetes y una decisión muy acertada. Cuando me enteré de lo de las licencias me dije que, como viniesen muchos aficionados, no solamente las pitones no iban a menguar, sino que iban a variar un tanto el menú.

—¿Y de qué van los cursillos? —inquirió Teo.

—¿Vas a tomar uno? —se guaseó Nelson.

—Igual —respondió ofendido Teo.

—Le hago una rebaja si se anima. Son muy didácticos y tendremos varias sesiones prácticas. Hay que aprender a seguirles la pista, localizarlas, atrapar a las hijas de puta y cortarles la cabeza con el machete. Los gallinas que no se atreven a acercarse, a veces se las cargan de lejos con pistolas o rifles, pero así no tiene gracia.

A Nelson se le estaban revolviendo las costillas de caimán a la barbacoa en el estómago, aderezadas ahora con el cuento de pitones monstruosas.

—¡Hay que acabar con ellas! —corroboró Teo, entusiasmado.

—Sí Señor. Hasta con la última, aunque sea lo último que haga en mi vida. Las cabronas se sienten aquí como en casa, con tanta agua. Cuando no están nadando, se la pasan chingando ¿Saben ustedes lo que se reproducen?

Nelson no tenía ni pinga ganas de saberlo, pero Teo se bebía las palabras de Frank.

—Una comemierda de tres años suelta de 40 a 60 huevos

pegajosos por temporada y puede hacerlo durante cinco años. Sin depredadores naturales . . . multipliquen ustedes.

—Multiplico, multiplico . . . —fue todo lo que Nelson pudo balbucir, antes de salir petado para el baño.

—¿A su amigo no le prueba la naturaleza?

—No mucho. Anda flojo del estómago.

Tras la cena y acordar la retribución, Frank les ofreció un paseo por su criadero de caimanes, que Nelson no tuvo más remedio que aceptar, porque a Teo le probaba. Recibieron una lección magistral de la cría, manejo, caza y captura de caimanes, que Nelson no pensaba ensayar en su vida.

—Los pequeños, nada, a mano —explicaba Frank, agarrando un ejemplar de casi un metro, sacándolo de la alberca, ante la mirada de admiración de Teo y la de alarma de Nelson.

Luego les enseñaba una suerte de pinzas gigantes con alambres incorporados —elaboradas con estas manitas— con las que atrapaba a un reptil en la categoría superior al metro para arriba, enlazándolo por el cuello y cerrándole las mandíbulas con un experto giro del cachivache. Cuando lo sacaba del agua, se sentaba encima del lomo, le tapaba los ojos con un trapo, le sellaba la mandíbula con cinta aislante y *voilá*. Esto parecía el circo.

—Estos bichos no atacan lo que no pueden ver. Con candil o con trapo, ciegos y dóciles. Sólo son un cacho carne con muchos dientes.

—Qué bueno —concluía Nelson, al que el estómago le comenzaba a molestar de nuevo, con tanto caimán y pitón en el menú del día. Había evacuado consultas en el retrete por arriba y por abajo, pero el malestar no aflojaba.

Ya noche cerrada se retiraron a sus aposentos, Teo a su ca-

racol y Nelson al suyo, donde se tomó una manzanilla, adere-
zada con una aspirina para el dolor de cabeza que le había
puesto Teo en el viaje de regreso. No paró de platicar sobre
los dones de Frank Torricelli, la eficacia de la psicología en
cualquier línea de trabajo, su tremenda maestría con los caimanes, su inmunidad ante la mosquitera y la madre que lo
parió, con todos sus respetos por la doña. Se metió totalmente
fundido al sobre, sin darle bola a Artoo.

—Desconecta y carga.

17

———

Se va el caimán

Dos días después estaba todo listo para la incursión en el planeta de los reptiles. La salud de Nelson había regresado a la normalidad y decidió acercarse donde Flor Sandoval, a repostar como Dios manda antes de la pega nocturna.

Ante su sorpresa, le recibieron un nuevo y amable camarero con mandil incluido y un retrato bastante mejorado de Flor, tamaño ciclópeo, presidiendo el local, colgado en la pared detrás de la barra.

—¿Cómo va la vida, Nelson?

—Peor que la tuya, Virtuoso. Veo que hemos progresado.

—No veas lo fetén que es comer caliente todos los días.

—Me lo imagino.

—Y de primera . . . bueno, tú ya conoces a Flor. No te incomoda, ¿verdad?

—¿Por qué me va a importar?

—Flor me ha relatado . . . eso . . . vuestra relación. Yo me he acomodado con ella. Así también me ahorro la habitación.

—*Good for you.*

—Oye, no quiero quitarte nada que es tuyo . . . si en alguna ocasión te . . .

Nelson le cortó al verlo venir. El Virtuoso tenía tanto miedo al conflicto que era capaz de prestarte a su mujer con tal de evitar cualquier confrontación.

A Nelson no le importaba compartir hembra con algún otro. De hecho, Flor seguro que meneaba con varios, además de con él. Normal, sobre todo teniendo en cuenta la escasa actividad de los últimos meses; pero a sabiendas . . . eso sí que no. En estos casos, la cortesía de los sobreentendidos es lo que prima.

—Nada, hombre, disfruta.

—Gracias. Eres un caballero. Hoy te recomiendo el chancho asado. Está para chuparse los dedos. ¡Esta mujer tiene unas manos!

—Dale. Y una Miller.

—Marchando.

"Desde luego los hombres somos fáciles de contentar: una comida y una cama, calientes las dos, y a volar", recapacitaba Nelson. "Y algunos hasta se conforman solo con la comida caliente y un trabajito manual en la ducha, si no hay más opción".

—¿Has visto el retrato que me ha pintado? —le preguntó Flor al acercarse con el plato.

—Grande.

—¿A qué estoy muy bien?

—Caramelo.

—Hoy invita la casa.

—¿Y esa generosidad?

—Para celebrar. Tú me presentaste a Facun.

—¿Ya le has quitado el "do"? —soltó Nelson, pensando que le habría sacado el do y todas las notas del pentagrama musical, además de los calzones.

—No seas chistoso. No estarás celoso, ¿verdad? Ya sabes que esta es tu casa para cualquier ocasión. Aquí todos somos del pueblo —respondió Flor, muy vanidosa, atusándose el moño.

—Captado, reina.

—Ala, ala, come que no tienes muy buena cara.

Nelson se lo zampó todo sin rechistar y se largó a echarse una cabezada para digerir.

"Cada oveja con su pareja", pensó, tumbado en el sofá, tapado por un cobertor para mantener la barriga caliente, mientras una modorra le invadía el cuerpo y la mente.

Una ducha tras el pestañazo le despejó. El zoológico abría al público de 10 de la mañana a 5 de la tarde todos los días del año. Quedaron en encontrarse en casa de Teo con Frank a las 8 de la noche, para repasar el equipamiento antes de salir y comprobar que todo estaba en su sitio La manejada, una media hora. No les convenía llegar antes de las 10 de la noche, con oscuridad completa.

El habitat de los caimanes no se situaba muy lejos de la entrada principal. Desgraciadamente no podían colarse por allí, la parte más iluminada y vigilada. Las instalaciones del zoológico estaban rodeadas de un gran muro sin electrificar y fácil de saltar para el que va preparado. Lógicamente a ninguna persona en su sano juicio se le ocurre colarse en un lugar lleno de fieras, por lo que la seguridad está más enfocada a que no se escapen sus inquilinos, que a protegerse de los de afuera.

Todo el perímetro del zoológico está rodeado de amplios terrenos baldíos, que actúan como colchón separador entre sus instalaciones y las zonas residenciales que lo rodean, por dos razones esenciales además de la seguridad: el olor de los animales, que en noches claras de verano puede viajar kilómetros, y los sonidos, no tanto de las bestias en si, sino de los animales más inocuos a simple vista.

Un tigre o un león puede rugir de vez en cuando, pero como a una cuadrilla de monos aulladores les de por pelearse o a un grupo de loritos por montar un fetecón, el cristo sonoro que producen es, además de consistente e inacabable, totalmente insoportable. Vamos, para no pegar ojo en toda la noche.

Así que, como les tocaba caminar un par de millas campo a través para llegar hasta el muro, cargados con el equipamiento, y otro tanto dentro del zoológico, se pertrecharon con sus buenas botas de paseo.

Para no dar el cante con el vehículo, decidieron estacionarlo en un supermercado cercano, abierto 24 horas, y cuyo aparcamiento siempre lucía de treinta a cuarenta peroles a cualquier hora del día. Teo paró a descargar en el punto de entrada, donde dejó a Nelson y Frank, con todos los bultos. Se fue a aparcar y regresó a patín a los diez minutos.

A pesar de que a Nelson se la rechiflaba realizar el trabajo con Frank, no tuvo más remedio. A Teo no le hubiese importado entrar en su lugar, pero su pericia era necesaria fuera. No habían detectado redes de seguridad, pero, en caso de peligro, Teo podía desconectar la red eléctrica, saltar la alarma de incendio, lo que se terciase para montar un follón y dar tiempo a Frank y Nelson de escabullirse.

Caminaron hacia el muro, enchufaron los comunicadores y, mal que bien, Nelson ascendió la pared con las cuerdas de escalada gracias al empuje en el trasero que le proporcionó Teo.

—Estás un poco fuera de forma —le señaló Teo, mientras sudaba ayudándole a trepar.

—Forma la que te voy a dar si regreso.

Frank se encaramó en el muro que ni una gacela.

Tras media hora de caminar, llegaron hasta el habitat de Tomás, entre aullidos de monos, gritos de aves desconocidas, rugidos de leones, mugidos de bisontes y vete a saber qué más para ponerte los pelos de punta.

—Vaya guateque —comentó Nelson.

—Los caimanes no tienen cuerdas vocales, así que no producen ningún sonido.

—Pues que bien. Así no sabes ni por donde andan.

—Sólo cuando cierran las mandíbulas en una presa, el impacto de una con otra es tan fuerte que se puede oír a más de una milla de distancia, como un escopetazo.

—Gracias por darme ánimos.

Nelson se quedó un tanto a la zaga, mientras Frank exploraba la localización de Tomás y las hembras. De no estar criando, las féminas son pacíficas y dejan al macho la defensa del perímetro. La comida, siendo ejemplares del zoológico, no tenían que buscarla, así que nunca los atacarían por esta razón, sólo si se sentían amenazados, explicó Frank el erudito.

—Oye, Frank, me parece muy bien tu disertación naturista, pero yo no voy a preguntarle a Tomás sus motivaciones para atacar, así que apremia y mejor nos quedamos con la duda.

Las hembras, diez contadas a dedo repetidamente por Nelson por si las moscas, estaban todas recogidas, inmóviles, en unas rocas en el centro de la laguna, pero Tomás no aparecía por ningún lado.

—Debe estar en el agua.

—¿Eso es malo o bueno?

—Regular.

—¿Regular en qué sentido?

—En que tenemos que andar con cuidado para que no se nos acerque por sorpresa o debemos localizarlo y reducirlo.

—¿Reducirlo?

—Sí, hombre, agarrarlo y cerrarle el morro.

—Conmigo no cuentes.

—Pues a ver con quien cuento, compadre. Puedo pedir un voluntario entre el gentío que nos rodea.

Despacito, despacito, recorrieron el recinto de cabo a rabo, levantando piedras, enfocando linternas a palmeras y árboles, hasta que Nelson, al apartar unos arbustos, se dio de narices con Tomás y se quedó blanco como un fantasma.

—¡Frank, lo tengo enfrente y está abriendo las fauces! —gritó bajo, con voz de ultratumba.

—Enfócale directamente con la linterna a los ojos y no muevas ni un pelo. Si echas a correr, los caimanes tienen un pronto fulminante que no veas.

Nelson trataba de deslumbrar a Tomás lo mejor que podía, pero la mano le temblaba sobremanera. Lo de moverse, eso sí que no tuvo problemas, porque, aunque hubiese querido, las piernas no le respondían y la sangre no le bombeaba en el corazón como debiera.

Tras cerrar los ojos y encomendarse a Dios, los abrió y descubrió a Frank que silenciosamente se había aproximado al reptil por la trasera, sentado encima de Tomás, cerrándole las fauces con su artilugio, después de haberle tapado los ojos con el trapo.

—Nelson, ¡saca la cinta! Mientras yo le agarro las mandíbulas, se las vas rodeando, ¡rápido!

Sin pensar, la mejor manera de proceder en estas circunstancias, Nelson actuó y comenzó con la tarea. A mitad de ella el animal, empujándose con la potente cola, se revolvió y giró, quedándose boca arriba y desmontando a Frank, que no soltó a su presa, a pesar del impacto sufrido al caer al suelo de costado.

Volvió a estirar de las tenazas, lo enderezó, se montó de nuevo y conminó a Nelson a terminar la tarea.

—Buen animal. No ha perdido el instinto, a pesar de la cautividad —comentó un sudoroso y orgulloso Frank, sentado sobre un Tomás, ahora ciego y dócil.

Nelson siempre pensó que el mundo está lleno de tipos estrambóticos, pero nunca hasta este caso los consideró tan abundantes.

Había notado algo al girarse el caimán, que no captaba pero que le molestaba.

—Frank, ¿puede girarse el bicho otra vez?

—No es recomendable.

—Necesito comprobar algo.

—Ayúdame, entonces.

Entre los dos lograron a trancas y barrancas poner a Tomás de costadillo, para descubrir la panza de una piel tersa y clara. En una esquina, cerca de la pata izquierda trasera, tenía un tatuaje, no muy grande pero aparente, al ser de color morado y contrastar notablemente con la piel amarillenta de esta parte del cuerpo del caimán.

—¡Anda! Un caimán tatuado. Esto es una novedad —apuntó un sorprendido Frank.

—Deferencia de un hijo de la chingada doctor en veterinaria.

—¿Es esto lo que buscas?

—Creo que sí.

—Pues dale, porque ya no aguanto más al Tomás.

Tras apuntar el refrán, con gran esfuerzo, movieron la mole hasta el borde del agua, encarando a Tomás hacía la laguna. Nelson se sentó encima, mientras Frank cortaba la cinta adhesiva del morro y le destapaba los ojos. Nelson siguió sus instrucciones al pie de la letra por la cuenta que le traía.

—En el momento que termine de cortar, te levantas como un cohete y echas a correr hacia el otro lado. Normalmente, tras una situación así de estresante se meten al agua directamente para refrescarse, pero hay algunos con muy malas pulgas que se vuelven a pelear. ¿Listo?

Nelson accedió con la cabeza, respirando hondo.

—¡Va, una dos y tres! —gritó Frank, cortando la cinta y destapándole los ojos a Tomás.

Nelson se echó a correr como un conejo hacía la salida del habitat para no tener que comprobar qué dirección decidía tomar Tomás, si la del perdón hacía el agua o la de la venganza hacia el otro lado.

A los pocos segundos se le juntó Frank, tan campante.

—¡Vaya trabajo, Nelson! Impecable.

Caminaron sin mayores incidencias hasta el punto de entrada, mientras avisaban a Teo que, entretanto, fuese hasta el supermercado a recuperar el perol. Recogieron todo y para casa.

—Oye, Nelson, apestas, andoba.

—Cierto —corroboró Frank, sentado a su lado, tapándose la nariz.

Nelson había transpirado tanto, entre una cosa y otra, que estaba empapado.

—Teo . . . vamos a dejarlo.

No tenía ni fuerzas para empezar la pelea.

—¿Localizaste el dicho?

—Sí. Mañana lo vemos.

Llegando a casa de Teo, se despidieron muy amistosamente de un Frank encantado de la vida. Cada cual se montó en su transportation, y se acabó la función del día.

Se duchó al llegar y se sentó un rato en su sillón, dejando a Artoo en su lugar. Pensó en la expresión "morirse de miedo" que no era tan alegórica como se supone. Él, hoy, había estado a punto de palmarla frente a las mandíbulas de Tomás y conocía un caso real de un compañero de escuela que se murió, literalmente, de miedo, en décimo grado, con 16 años.

Le impresionó el caso en su día, aunque no el difunto, que era uno de los matones de los que le hacían la vida imposible en el instituto. Como era un chulo indecente descerebrado, se envalentonaba a la primera. Tras el funeral del profesor de matemáticas, uno de los más temidos, fallecido en un accidente de tráfico, comenzaron a correr rumores infundados en el colegio de que el maestro se le había aparecido a varios alumnos. Los chismes escalaron y se diversificaron, concretándose finalmente en la teoría de que Don Augusto López era un vampiro que regresaba todas las noches a chupar la sangre de sus ex alumnos.

Paco Halcón, un cernícalo donde los haya, el chuleta mayor del patio, se ofreció a solucionar el problema: incursionaría en el cementerio de noche e hincaría un clavo en la tumba de Don Augusto, impidiendo así sus correrías nocturnas. Se llevaría a dos compañeros de espectadores, para que atestiguasen al día siguiente en la escuela su bravuconería.

Como estaba una noche fresquita y para que la aventura fuese aún más tétrica, cada cual se envolvió en una manta. Al llegar a la tumba, Paco hincó el clavo con todas sus fuerzas, frente a la mirada de admiración de los testigos. Al echar a andar de regreso, no pudo hacerlo. Sintió un enorme tirón de la manta desde la tumba. Aterrorizado, comenzó a estirar del cobertor sin éxito; del otro lado oponían gran resistencia. Comenzó a aullar, los testigos salieron disparados sin pararse a echarle una mano y al día siguiente se encontraron a Paco Halcón muerto, encima de la tumba de Don Augusto López.

¿Qué pasó?

El informe policial lo aclaró todo tras la autopsia. El chulo de Paco tuvo una parada cardiaca. Como no se encontraron defectos cardiacos congénitos, se asumió que el corazón se le paró de miedo y "por anormal", en opinión muy personal de Nelson. Al hundir el clavo sin mayor precisión en la tumba, pinchó también una esquina de la manta que lo cubría. Al intentar alejarse, lógicamente la manta atrapada "tiraba" para el otro lado. Paco asumió en todo momento que era Don Augusto, jalando para llevárselo a la tumba con él, para castigarlo por la gran profanación, y se le paró el corazón de miedo. Tal cual.

El siguiente refrán, aparentemente el último, decía: "Loros y cotorras, ruido a todas horas".

Nelson, mirando la frase apuntada, respiró aliviado, pensando que un picotazo de una cotorra era un alivio, comparado con la perdida de un miembro por bocado de liger, tiburón o caimán, a elegir.

El doctor no lo había puesto fácil. De vez en cuando te da-

ba confianza, colándote una flor o un minino, pero vamos . . .
tatuar a un caimán era el colmo de los colmos.

"Lo que nos faltaba, el chocolate del loro" .

Desayunó temprano y salió para casa de Teo a localizar un
loro o cotorra con O. Teo revisó las fotos del señor Rocamador. Había tres del ala pero, como siempre, gracias a Dios,
sólo uno de las aves se llamaba Oscar; las otras dos estaban
bautizadas como Vivian y María. El loro sobrevivía en Jungle
Island.

Casi le da un soponcio al ver la foto del pobre animal, un
bodrio todo desplumado, en carne viva, con tres únicas plumas supervivientes en la cresta, a modo de atuendo de indio
mohicano.

Llamó a Genoveva antes de dirigirse al Jungle Island.

—¿Cómo vas con la investigación, Nelson?

—Muy bien, Genoveva. Yo creo que estamos cerca de la
conclusión. Te llamaba para que me resolvieses una cuestión.

—Lo que quieras.

—¿Tu esposo trataba a un loro que se llama Oscar, un tanto feo y desplumado?

—Sí, pobrecita.

—¿Por qué dices pobrecita?

—Porque es lorita.

—¿Y por qué se llama Oscar, si no es mucha curiosidad?

—Porque nadie se molestó en averiguarlo. Cuando se des-
plumó por la enfermedad quedó en evidencia.

—Claro, claro . . . y dime, ¿qué enfermedad tiene?

—Una muy rara e infrecuente en la piel, que rechaza las
propias plumas del ave, auto-inmune. Ernesto me la explicó,
pero la verdad no podría repetírtelo. Lo cierto es que le salvó
la vida. Normalmente las aves duran unos pocos meses con

esta condición, pero Oscar goza de muy buena salud desde que Ernesto la estabilizó. Curiosamente se ha convertido en una de las mayores atracciones de Jungle Island.

—No me extraña —dijo Nelson, recordando semejante engendro.

A la gente le llama tanto o más la atención la belleza extremada como la fealdad suprema.

—¿Podrías pedir a Jungle Island que nos dejen visitar a Oscar y revisar su entorno?

—¿Tiene que ver con el caso?

—Sí. Yo te lo explico todo cuando me lo pueda explicar yo mismo. ¿Confías en mí, verdad, Genoveva?

—Con los ojos cerrados.

Cuando colgó y se volteó, se encontró con Teo que le miraba con hilaridad.

—¿Qué?

—Nada, nada, que confío en ti con los ojos cerrados —soltó Teo con ironía, imitando la voz femenina de Genoveva.

—Vete a cortar caña.

Oscar era todavía más fea en realidad que en fotografía. Desplumada, con la piel grisácea, flaca como un tornillo, no valía ni para darle gusto a un cocido.

Nelson, con la ayuda de Teo, registró de arriba abajo la jaula y el pequeño territorio que tenía asignado la lora. Fracaso total. Ni cuadrito ni refrán. Examinaron al pajarraco entero, levantándole las alas y las patas con cierta repugnancia, buscando un tatuaje. Cero pelotero.

—Creo que hemos llegado a punto muerto —comentó Teo.

—Tiene que estar aquí.

—Tú me dirás.

—Ernesto no va a montar todo este tinglado para dejarnos ahora a dos velas.

"Ernesto, Ernesto, ponme pelo", soltó la cotorra.

—¿Has escuchado? —dijo sorprendido Teo.

—Sí.

—Repite lo que dijiste.

—Ernesto no va . . .

Al oír la palabra Ernesto, la cotorra repitió: "Ernesto, Ernesto, ponme pelo".

Repitieron la operación tres veces más y Oscar tres veces de lo mismo.

—¿Quiere decir algo? —preguntó Teo, confuso.

—Sí. Nos está indicando la pista final.

18

––––––––

Los algoritmos son un invento

Una semana después, exhumaban al doctor veterinario Ernesto Rocamador que, ahora comprendía Nelson, hizo todo lo posible en vida para que no lo enterrasen deprisa y corriendo. No acertó de pleno, pero estaban a tiempo.

Con todos los respetos debidos, se trasladó el cadáver de vuelta a las estupendas instalaciones funerarias de El Conde, donde Nelson pidió que se le revisase bien la zona en la que se había realizado los injertos de cabello.

Con todo cuidado, Carmelo de Quesada levantó el cuero cabelludo del veterinario para descubrir, enterrado allí, un pequeño chip.

—¿Qué es esto?—exclamó sorprendidísimo, entregándole el chip a Nelson.

—El secreto mejor guardado de Ernesto y la clave para averiguar quién era.

—Es usted un caballero sorprendente. Deberían darle la Cruz a algún Mérito.

—Gracias, Conde. Me conformo con cobrar mis honorarios.

—Mire que es usted modesto. Una gran virtud, la modestia.

Al salir, se topó con Genoveva esperando fuera. No había querido pasar a contemplar a su marido ya en perfecto estado de descomposición.

—Genoveva, voy a llegar al final —le dijo, enseñándole el chip en la mano.

—¿Qué es?

—Ernesto se implantó este chip a la vez que el pelo. Esto es lo que andábamos buscando y por eso deseaba dilatar su entierro.

—¿Y qué contiene?

—Eso no lo sé todavía, pero espero poder decirte quién era tu esposo en realidad y por qué se ocultaba.

—Eres un ángel —le abrazó una Genoveva a punto de las lágrimas.

Un ángel posiblemente no, pero cerca del cielo sí que estaba ahora, pensó Nelson, mientras disfrutaba entre los brazos de Genoveva.

Por supuesto, el paso final tampoco se lo puso fácil el doctor: el chip estaba codificado y en clave, como pudo comprobar Teo al analizarlo.

La primera clave lógicamente fue ERNESTO. Fracaso.

—Tendré que correr un algoritmo a ver.

—¿Qué es eso?

—En matemáticas y computación, un algoritmo, palabra que viene del latín, es un conjunto preescrito de instrucciones o reglas bien definidas, ordenadas y finitas, que permite realizar una actividad mediante pasos sucesivos que no generen dudas a quien deba realizar dicha actividad. Dados un estado inicial y una entrada, siguiendo los pasos sucesivos se llega a un estado final y se obtiene una solución.

—En cristiano.

—Fórmulas matemáticas que se aplican para resolver un problema abstracto, es decir, que un número finito de pasos convierten los datos de un problema, la entrada, en una solución, la salida.

—¿Se podría aplicar al mus? —se le ocurrió a Nelson de repente.

—Sí. Estudiamos el juego y vemos las jugadas posibles, cartas que ya se descartaron y las que quedan por jugar, combinaciones ganadoras, etcétera. Es posible. ¿Por qué?

—Ya hablaremos. Concentrémonos en el chip.

Dejaron corriendo al algoritmo y se fueron a comer donde Flor. Invitaba Nelson. El Virtuoso estaba cada día más reluciente y robusto. Se había cortado la coleta, demasiado pelo para servir en un restaurante, y comenzaba a apuntar una barriga de acoplado bien alimentado, satisfecho y aburrido.

A la vuelta la fórmula había funcionado. En la pantalla aparecía la clave del chip.

—Oye, Teo, esto de los algoritmos es un descubrimiento.

—El más grande desde el bombillo.

La clave no era complicada: Ernesto había asignado el número que correspondía en el alfabeto a cada letra de su nombre; así la E era un 5, la R un 18, la N un 14.

En resumidas cuentas, la clave quedó como: 5-18-14-5-19-20-15.

—No era tan difícil —comentó Nelson.

—Eso dicen todos a toro pasado.

—No te mosquees, hombre, que has realizado tremenda labor.

—Se agradece.

Con el mayor de los respetos, Teo tecleó la clave en la computadora. El chip comenzó a escupir la información.

Lo primero era una epístola de Ernesto para Genoveva, que Teo comenzó a leer.

Amadísima Gina:

Si estás leyendo esta carta es porque ya no te acompaño y has llegado a descubrir mi secreto, que nunca compartí contigo para preservar tu seguridad.

Antes que nada, subrayar que te quiero con toda mi alma y que eres la única mujer que he amado jamás. Las palabras no pueden reproducir el amor que anida en mi corazón por ti; es imposible de describir. Cuando te descubrí, allí en Books and Books, fue como si todos mis trabajos, mis sufrimientos, mis secretos, mi huída se hubiesen terminado. Contigo a mi lado la vida es segura y plena; no temo a nada ni a nadie. No sé cuánto tiempo habremos estado casados cuando leas esta carta. Hoy, el día en el que la escribo, ya han transcurrido siete años, pero han sido de una felicidad inusitada, aunque un minuto a tu lado me hubiese bastado. Todo lo hubiese dado por acompañarte sólo un segundo, por oler tu pelo, por escuchar tu risa . . . Desde el momento en el que llegaste a mi vida, decidí ponerme el mundo por montera y arriesgarlo todo, vivir el hoy plenamente, como si me fuese a morir mañana . . .

—Deja la misiva del Romeo y vamos al grano—cortó Nelson la lectura.

—¿Incomodado?

—Sirve un ron.

Se tomaron la copa en silencio, a la que siguió una segunda y una tercera. Tras media hora de silencio larga, ya un tanto beodos y lánguidos, Teo volvió a la carga.

—Las mujeres son muy complicadas, olvídate.

—A veces pienso que los hombres, en el fondo, somos todos maricones, y más a partir de cierta edad.

—¿Sofista a estas alturas?

—Fíjate lo que te digo. Si a la misma hora tuvieses entradas de primera fila para la Super Bowl y la posibilidad de mojar con un manguito, ¿qué harías?

—¿No se puede ajustar el horario?

—No.

—La Super Bowl.

—Lo que yo te diga.

Tras la cuarta copa de ron volvieron a la computadora. Dos horas más leyendo, releyendo y revisando la información y las fotografías del chip y no daban crédito a sus ojos. Se cruzaron una mirada de estupor.

—Estos forenses están todos pringaos —sentenció Teo.

—¿Y quién no?

—Esto es una bomba.

—De relojería y temporizador corto.

—Nos podemos hacer de oro.

—O nos pueden forrar con todo el oro y hundirnos en la bahía, pesaditos, para que nunca se vuelva a saber de nosotros. Formaríamos un bello arrecife de coral artificial.

—No vamos a dejar pasar tamaña oportunidad.

—¿Para que la disfrute tu viuda con un apuesto galán? ¿Quién te dice a ti que al doctor veterinario no se lo cepillaron? Ahora me entran grandes dudas. Algo se debía estar rumiando, para comenzar los preparativos hace tres años.

—¿Y qué hacemos?

—Yo prefiero ser vivo pobre, a muerto rico, la verdad. Déjame que hable primero con Genoveva. Esta información es de su propiedad, al fin y al cabo. Yo personalmente pienso que debemos difundirla por todos lados lo antes posible, sin que se sepa la fuente y dejando fuera al veterinario. Es la única manera de asegurar el pellejo. Una vez que sea vox populi ya no tienen que cortarnos las bolas ¿Cómo se llamaba el tipo ese que estaba todos los días en el periódico, antes de que los moros se pusieran a pelársela y el agua remojase a los nipones?

—¿Te refieres al de WikiLeaks?

—El mismísimo.

—Julian Assange.

—Ese, el franchute.

—Es australiano.

—Tiene nombre de gabacho.

—Se debió mudar.

—Haz varias copias y asegúralas. Yo me quedo dos. Una para Genoveva y otra para guardar en lugar seguro. Deja una en tu computadora y pon otra a salvo. ¿Tienes caja de seguridad?

—Aquí no, en el banco.

—Pues chuta.

Saliendo de casa de Teo telefoneó a Genoveva que no respondió la llamada. Dejó un mensaje y se pasó por la oficina para, desde allí, salir por la puerta trasera y guardar la copia en su "archivo" neumático. Pasó de pagar facturas, perfumó y, como siempre, recapacitó sobre la adecuación de contratar un asistente y salió para su casa.

—Teo, ¿cómo va la cosa?

—Bien, ya guardé el material. ¿No estás con la viuda?

—No la localizo. Le dejé un mensaje.

—¡Qué penita!

—No me toques la moral. Oye, ¿tardas mucho en lo del algoritmo del mus?

—No creo. Es un juego sencillo, ¿por qué?

—¿Lo podrías tener listo hoy para las ocho de la tarde?

—Sí.

—Dale. A las ocho me paso y me expones.

—¿Y de lo otro?

—Déjame que hable antes con la doña.

—OK.

Hoy era jueves, día de la partida. Llamó al Conde para anunciarle su participación, lo que le produjo tremenda alegría. Le preguntó por Genoveva, que ya le empezaba a preocupar.

—La dejé en el cementerio enterrando de nuevo a Ernesto. ¡Que mujer más entera!

—¿Te comentó si luego regresaba a casa?

—Eso me dijo, pero yo le aconsejé que fuese a pasar la noche a casa de una amiga . . . en estas circunstancias, con todo lo que ha pasado, no le conviene estar sola. No es cualquier día que una entierra por segunda vez a su esposo.

—Me tranquiliza. Intentaré contactarla de nuevo más tarde.

—Nos vemos a la noche.

—Eso.

A las ocho en punto estaba de regreso en casa de Teo y, tras una hora de estudio concienzudo del algoritmo, análisis de las jugadas, baraja, cartas, posibilidades de juego etc. salía para

Tapas Diego, donde la timba comenzaba exactamente a las 9:30, justo después de la cena, cuando se servía el café y la copa.

Todos le esperaban ya sentados a la mesa. El Virtuoso con una sonrisa de oreja a oreja, el Conde, orgulloso de compartir juego con él y el Vasco con su impasibilidad de siempre.

—Conde, ¿usted confía en mí? —le comentó bajito a su pareja.

—Sí —le contestó en el mismo tono un sorprendido Conde.

—Siga mis instrucciones de juego al pie de la letra y no rechiste.

—Me pongo en sus manos.

—¿Estamos en el jardín de infancia o qué, con tanto secretito a la oreja? —intervino el Vasco, mirando a Nelson con dureza.

Nelson le mantuvo la mirada, esbozando una sonrisa cabrona que alteró un tanto al Vasco, nunca acostumbrado a verse retado en el tapete. Alzó una ceja casi imperceptiblemente y comenzó a barajar. Como emperador de sus dominios y campeón imbatido del mus, siempre tenía derecho a empezar con ventaja llevando la mano.

—¿Toca rey, Conde? —le instruía Nelson en alguna jugada.

—Uno.

—Bien.

Pasada la medianoche, el Vasco todavía no había sido capaz de batir a Nelson y el Conde. Habitualmente para las 11 o antes ya había dejado fuera de juego a los contrincantes en la primera ronda y hasta en la segunda. El juego discurría en tablas, los amarrekos se acumulaban a ambos lados y los tantos se distribuían con equidad entre todos.

—¿Ve algo? —preguntaba Nelson.

—Poca cosa.

—Descarte, Conde.

—A la orden —obedecía, tirando cuatro cartas al tapete, solicitando otras cuatro.

El Virtuoso estaba maravillado y una sombra de admiración aparecía esporádicamente en sus ojos cuando creía que el Vasco no lo vigilaba. De todas maneras, ya no le daba tanta importancia a quedar bien con Diego, porque ahora comía caliente a costa de Flor.

El Conde trataba de controlar sus emociones con dificultad. Siendo un hombre elegante y comedido, admirador de la modestia, le resultaba poco refinado denotar superioridad, precisamente el sentimiento que le rezumaba por todos los poros.

Nelson jugaba con gran aplomo, sin mostrar trastorno alguno, y el Vasco sudaba más de lo habitual, tanto que perdió la cordura y, queriendo rematar, echó órdago a grande y a juego, y Nelson lo aceptó.

El Vasco mostró sus cartas: Dos reyes, un caballo y un as, 31, el puntaje máximo al juego.

El silencio sepulcral que se produjo esperando ver las cartas de Nelson se podía cortar con un cuchillo. Aparecieron en la mesa dos reyes, un caballo y un as, 31, lo mismo, con la diferencia de que, como Nelson y su pareja iban de mano, ganaban, detalle que el Vasco —por primera vez perdidos los nervios en la historia del juego del mus— se debió pasar por alto al echar el órdago.

El Conde ya no se pudo aguantar más. Se puso de pie, hizo pararse a Nelson, le dio la mano con una cuasi reverencia medieval y con toda ceremonia le dijo:

—Le felicito en mi nombre y en nombre de mi país.

El Virtuoso también congratuló efusivamente a Nelson con un fuerte abrazo, mientras el Vasco seguía sentado, como ido, mirando al infinito.

—Ya lo tengo —comentó.

—¿Estás bien? —preguntó muy preocupado el Virtuoso.

—Ya lo tengo.

—¿Qué tienes?

—El nombrete.

—¿Qué nombrete?

—El de Nelson.

—¿Cuál?

—Arana.

—¿Arana?

—Sí.

—¿Por qué?

—Porque fue el que jodió a los vascos.

Estas fueron sus últimas palabras de la noche. Se levantó sonámbulo, se dirigió hacía la parte trasera del bar, entró por la puerta que daba a los baños y al almacén y desapareció de la vista.

—¿Quién es Arana? —preguntó el Conde.

—Ni pinga —respondió Nelson.

—Lo buscamos en Google.

Se oyó un ruido de traspiés, un agudo maullido de Sabino que salió disparado a esconderse debajo de una mesa y, luego, el silencio. Tras un buen rato de espera y sin saber que hacer, Nelson tomo las riendas.

—En casos así es mejor no meterse.

—Tiene usted toda la razón. Yo soy experto en duelos y la única medicina solvente, ante una gran pérdida, es el tiempo —secundó el Conde.

—Pues, ala, vamos para casa. Yo ya empiezo a tener hambre a estas horas y Flor me suele dejar algo preparado para calentar en el microondas.

—Cada mochuelo a su olivo —terminó el Conde, cerrando despacito la puerta de Tapas Diego, tras dejar pasar muy educadamente a sus amigos por delante y, discretamente, despedirse de Nelson con un recadito en la oreja:

—Nelson, ha superado usted todas mis expectativas.

19

***

Flores que hablan

Por fin localizó a Genoveva y quedaron en que pasaría por su casa a media tarde. Se arregló con esmero y se repeinó bien.

Se acercó donde Teo, para imprimir todo el dossier en papel. Le parecía menos agresivo presentárselo así a Genoveva, que en la pantalla de una computadora.

—¿Adonde vas, hecho un brazo de mar?

—No me toques las narices.

—¡Cómo te picas, colega! Suerte con la viudita.

De camino, paró en un almacén a comprar pañuelos finos de batista blanca, abrió la caja y se metió uno al bolsillo. Se temía que la señora iba a llorar lo suyo y esta vez deseaba estar listo.

—¿Cómo estás, Nelson?

—Bien, muchas gracias —contestó como siempre, agachándose para besarle la mano, cuando Genoveva le abrió la puerta.

—Déjate de ceremonias. Ya conoces más de mi vida que yo misma. Pasa, pasa.

—De eso tenemos que hablar —contestó Nelson, caminando tras su estela hacia el salón.

—¿Te sirvo un café?

—Con gusto.

Tras servir el café, Genoveva se sentó en el sofá. Nelson lo había hecho en un sillón, justo enfrente.

—Adelante, dime. Estoy lista. La verdad, por dura que sea, es mejor que la incertidumbre y mucho mejor que la mentira piadosa.

—Te doy la razón —dijo Nelson, entregándole la carpeta.

Genoveva comenzó a leer el primer papel, la carta de amor y para la tercera línea ya estaba llorando a moco tendido, momento en el que Nelson se levantó y le ofreció el pañuelo almidonado.

—Veo que hoy vienes preparado —comentó al devolvérselo, ya un poco más calmada y casi sonriendo ante el detalle.

Genoveva volvió a abrir la carpeta, intentó proseguir, y el llanto regresó aún más intenso.

—Nelson . . . por favor, yo no puedo —afirmó, alcanzándole el informe.

Y Nelson leyó:

. . . Mi vida eres tú, Gina. Cada momento que he pasado a tu lado ha sido toda una vida. Cuando te vi en Books and Books, nunca te lo dije, ya te conocía. ¿Te acuerdas que siempre te decía que tu acento porteño me volvía loco? Treinta y tres años atrás yo estaba en el último año de medicina en

Buenos Aires, cuando tú comenzaste tus estudios. Andabas perdida y yo te ayudé a encontrar el aula de tu primera clase. Tú nunca te acordaste de ese guía casual que te acompañó un momento, pero aquel instante que caminé a tu lado por el pasillo de la universidad, oyendo tu risa, escuchando tu voz y oliendo el perfume de tu cuerpo, se convirtió en el primer y en el último bello recuerdo de mi juventud, parado en el tiempo, flotando en una nube a mi lado por muchos años, hasta que se convirtió en realidad. Te vi desaparecer tras la puerta del aula, para siempre pensé, pero el destino me hizo ese gran regalo de regresarte a mí, muchos años después, y esta vez decidí no dejar pasar la oportunidad, Gina, mi vida. Aunque mi apellido verdadero no es Rocamador, sí me llamo y me llamaba Ernesto, en honor al mejor amigo de mi padre, con el que compartió los mejores años de estudiante, de juventud y que murió en sus brazos. Guiños de la vida; cuando llegó aquel pobre hombre a la morgue de México, donde me refugié con el forense, amigo de mi padre, tenía mi edad y mi mismo nombre, Ernesto, Ernesto, Ernesto, el nombre que pronunciado por tus labios suena celestial. Te quiero te quise y te querré, aunque ya no esté a tu lado . . .

Nelson, un tanto emocionado también, tuvo que suspender la lectura ante los llantos inconsolables de Genoveva. Volvió a ofrecerle el pañuelo ya casi empapado, sin saber qué más hacer.

Se sentó a su lado y trató de consolarla acariciándole la mano. Genoveva apoyó la cabeza en el hombro de Nelson, que se puso rígido. Finalmente se relajó, y aunque pensó que estaba muy mal, la verdad es que estaba disfrutando enormemente de este minuto de intimidad.

—¿Era de Buenos Aires como yo? ¿Cómo es posible tanta falsedad? —pudo balbucir entre hipidos Genoveva.

—Genoveva, tu esposo se ocultaba para sobrevivir y nunca te dijo nada para protegerte. Termina de leer el informe y lo sabrás todo.

Tras una hora de lectura, Genoveva colocó el informe en la mesita del café y miró a Nelson confundida.

—Tienes que tomar una decisión de cómo proceder con esta información que pudo costarle la vida a tu marido.

—¿Crees que lo asesinaron?

—Es muy probable.

—¿Qué me aconsejas?

—La información vale una fortuna. Por otro lado, puede suponer un grave riesgo para tu integridad.

—El dinero no me importa, quiero justicia para Ernesto. ¿Puedes investigar si lo mataron?

—Puedo, pero no te lo recomiendo. Si asesinaron a tu esposo simulando un ataque cardiaco sin levantar sospechas, lo mismo pueden hacer contigo de cualquier otra manera, y dudo que jamás lleguemos a saber quién está detrás o que podamos probarlo. El asunto tiene altas ramificaciones políticas y gubernamentales que afectan a varios gobiernos.

—Yo quiero justicia para Ernesto.

—La mayor justicia y la mejor venganza sería sacar todo a la luz, que era precisamente lo que no deseaban sus enemigos y por eso seguramente lo acallaron.

—¿Qué hacemos?

—Enviamos los textos, las fotos y las pruebas a la prensa de manera anónima, expurgando cualquier referencia a Ernesto. Una vez conocidos los hechos, ya no correrás peligro, y tu esposo habrá cumplido la misión en la que empeño su vida.

—Pobrecito. Y yo que pensaba . . .

Genoveva se echó a llorar de nuevo.

—Tu esposo fue un hombre íntegro.

—Gracias, Nelson, eres un ángel.

—Genoveva, me sobreestimas.

"Un ángel en el cielo", pensó Nelson de este momento.

—¿Qué decides, Genoveva?

—Adelante, informa al mundo de la basura que hay debajo de la alfombra.

—Hago una llamadita y regreso —dijo Nelson, parándose para salir al jardín trasero y hablar con Teo en privado.

—Lo que gustes. Se ha hecho tarde. ¿Quieres que prepare algo de cenar? No soy muy buena cocinera, pero prometo que no te envenenaré.

—No te molestes. Déjeme cerrar el asunto y yo me ocupo. Tengo un buen amigo que prepara unas tapas estupendas. Me acerco y traigo una variedad —contestó Nelson, saliendo al jardín.

—Teo, distribuye.

—¿El australiano?

—Ese y todo hijo de vecino que se te ocurra, incluyendo CNN y todas las grandes cadenas de televisión y radio, *New York Times, Washington Post* y *Miami Herald*, por supuesto. Sin rastro, y limpias las referencias a la fuente. Todo lo concerniente a la existencia de Ernesto Granado, su huida a México . . .

—Te comunicas con un profesional. Hago el *who´s who* de los medios de comunicación, no te apures. Reboto en servidores desde Ucrania a Hawai, Japón, India y Sudáfrica. Imposible de trazar. ¿Te acercas a tomar una copa para celebrar?

—Voy a cenar con el cliente.

—¡Ho, Ho, Ho!

—Pareces Santa Claus, chico.

—Y tú el Príncipe Azul.

—Pedazo de alcornoque.

—Romeo.

Colgó, avisó a Genoveva de que salía un momentito a por la cena y se dirigió a Tapas Diego. El Vasco le saludó como si nada.

—¿Cómo andas, Nelson?

—¿No me ibas a apodar Arana?

—He cambiado de opinión.

—¿Y eso?

—Porque si te llamo Arana, me voy a estar recordando de dos cabrones a cada rato.

—Hombre, gracias. No sé quien es el otro afortunado hijo de la chingada.

—No viene a cuento.

—¿Y qué me vas a llamar, ahora?

—Tengo que repasar.

—Ala, pues repasa.

—¿Qué te trae por aquí? Hoy no hay partida.

—Visitarte.

—Ya.

—Venga, chico, que no es para tanto. Para una vez que te ganan al mus en la vida.

—Con una vez que se derrumbe un muro ya está tumbado.

—Anda, dame unas tapas para llevar —terminó Nelson,

pensando que el Conde tenía razón. Sólo el tiempo iba a ablandar la sesera del Vasco.

Y hablando del Rey de Roma, por la puerta asoma.

—Buenas noches —dijo el Conde.

—¿Qué se te ofrece? —contestó el Vasco.

—Vengo a por unas tapas para llevarme de cena. Lo de siempre, ya sabes. ¿Cómo está, Nelson?

—Muy bien, gracias. Lo mismo que lleva el Conde, pero para dos —pidió Nelson al Vasco.

—Los gemelos —contestó ceñudo, entrando para la cocina a ir preparando los encargos.

—Le iba a invitar a compartir mis tapas, pero veo que tiene convidado —señaló el Conde con pena.

—Es para Genoveva. Voy a cenar con ella. No está para cocinar, así que me ofrecí a llevarle las tapas . . . para celebrar que hemos resuelto el caso, claro.

El Conde pensó que esto era un milagro. Nelson no solamente había tomado el puesto de Ernesto en la mesa de juego, sino que ahora cenaba con Genoveva. Con un poco de suerte . . . lo de las orquídeas lo dejaría para el final.

—¿No convendría llevarle unas flores? —sugirió el Conde, para acelerar el asunto.

Antes de que Nelson pudiese contestar que Genoveva era una cliente, el Vasco, ya de regreso con los encargos empaquetados, metió baza.

—Buen consejo, viniendo de un solterón empedernido.

El Conde, siempre elegante y comedido, no contestó; recogió sus tapas, pagó y salió con Nelson.

Se despidieron en la calle.

—Hay que tener paciencia y darle tiempo. Está muy afligido. Ha sido un golpe brutal —dijo el Conde, como si estuviese en la funeraria hablando con el pariente del algún cliente.

—Por supuesto.

—Déle muchos recuerdos a Genoveva de mi parte. Una mujer de esa envergadura no estará sola mucho tiempo. Usted me entiende.

Cada cual se montó en su auto. El Conde se despidió con la mano desde la ventanilla, gritando.

—¡Nelson, no se olvide de las flores!

—¡Tomo nota!—gritó de vuelta.

De camino, estuvo dudando entre comprar flores o no. Al final decidió que sí. Era un bonito detalle. Paró en Publix, donde tienen una pequeña floristería muy conveniente dentro del propio supermercado que abre hasta la medianoche. Perdió más de media hora tratando de decidir con la supuesta ayuda de la florista que lo único que hizo fue confundirle entero.

No sabía que según qué flores y de qué colores se regalan se está significando un mensaje. El lenguaje de las flores podría rellenar un diccionario entero a tenor del rollo de la vendedora. Por supuesto, lo de las rosas rojas, eso sí que lo captaba. A ver, es lo que siempre te meten por las narices el día de San Valentín, pero que hubiese semejante variedad de comunicación floral era una novedad.

"Todos los días se aprende algo nuevo", pensó, mientras escuchaba la disertación de la floricultora. Si ella conocía todo esto, el resto de las doñas del mundo seguro que también estaban al corriente, así que tenía dos disyuntivas para no meter la pata: o no llevar flores o acertar con la selección.

Dejando aparte las rosas rojas, las naranja significan pasión; violeta, amor a primera vista; rosa suave, admiración y simpatía; blanca, inocencia y pureza; amarillo, amor platónico. Para colmo, también se pueden combinar y apuntar más certero en el mensaje; rojo y amarillo implica excitación, juego o felicidad.

En cuanto a otros ramilletes posibles, las camelias una de lo mismo, amor, excitación, pasión según los tonos. Los claveles, en general, fascinación. Si ya se metía en variedades, los rojos admiración; los rosados nunca te olvidaré y los rayados, un "lo siento no puedo quedarme contigo". Tras la perorata y el silencio analfabeto de Nelson, comenzó el interrogatorio.

—¿Qué desea comunicarle usted a la señorita?

—No sé, así de repente no había pensado nada.

—A ver, ¿es su esposa?

—No.

—¿Su prometida?

—Qué va.

—¿Aspira a serlo?

—Hombre . . .

—¿Está la señorita interesada en usted?

—Ya me gustaría, pero no creo.

—¿Edad?

—Cincuenta, muy hermosa.

—Lo de hermosa no viene al cuento.

—Cómo está preguntando tanto creí que era relevante.

La paciente floricultora tenía cara de pensar que cómo es posible que los hombres puedan sobrevivir y mucho menos aparearse con semejante ignorancia.

—Disculpe, ¿y no hay alguna flor que no diga nada? —preguntó.

La empleada lo miró nuevamente con cara de pena.

—¿Y para que quiere usted regalar flores a una señorita, si no desea decirle nada?

—Eso es verdad.

Nelson estaba pensando en echarse a correr, pero la estricta mirada de la dependienta no se lo permitía. Iba a salir de allí con un ramo, de eso estaba seguro, aunque lo tirase a la papelera.

Desesperado, ojeó este galimatías horticultural y localizó al fondo, casi escondidos, unos ramilletes multicolores de diversas flores campestres, compuestos de margaritas y amapolas, adornados con unas grandes hojas verdes y helechos que la florista no había mencionado.

—¿Y esos? No me ha informado —comentó señalándolos.

—Esos no se los he mostrado porque no le convienen. Son arreglos de cortesía, los que se suelen llevar a la anfitriona cuando a uno le invitan a una cena o tiene compromisos.

—Ese está bien —dijo Nelson, agarrando uno de manera desesperada.

Pagó rápido y salió pitando, mientras la florista pensaba, con tristeza, que debería haber insistido: "No va a avanzar mucho con la señorita; pobrecita". Nelson, mientras caminaba hacia el auto, también cavilaba: "He salido con bien, después de todo; estas flores parece que no dicen gran cosa".

20

———

Mambo *Wiki Wiki, Che*

Se levantó temprano, en medio de un mundo en el que todos los medios de comunicación se hacían eco de lo que Teo había bautizado como mambo *Wiki Wiki, Che.*

Portada a toda plana de todos los diarios y objeto de editoriales, primera noticia en todas las cadenas de televisión y en los programas de los bocazas, tertulias de expertos mueleros de estaciones de radio y explotando los bytes en el Internet.

"El Che no murió en la selva boliviana".

"Plan de la CIA para mantener vivo al Che y utilizarlo contra Castro".

"El Che enterrado secretamente en el cementerio de la Recoleta de Buenos Aires en 1976".

"El Che asesinado en Buenos Aires en 1976".

"Che vivió hasta 1976 ocultado en Buenos Aires por su amigo Alberto Granado".

Todo el mundo se hacía cruces de donde había salido la información, pero nadie fue capaz de trazarla, aunque se confirmó como verídica por las fotografías que mostraban a un auténtico Ernesto "Che" Guevara sin su mítica barba, junto a su amigo Alberto Granado, en fotos datadas de mucho después de su "supuesta" muerte en la selva boliviana el 9 de octubre de 1967.

Los trabajos en el panteón familiar de la familia Granado en el cementerio de la Recoleta en Buenos Aíres, donde estaban enterrados Alberto y su esposa, comenzarían ese mismo día de manera "prioritaria", como declaraba un portavoz del gobierno argentino sin identificar. Seguirían pruebas de ADN, monitoreadas por un amplio grupo de expertos internacionales.

El gobierno norteamericano negaba cualquier implicación en el complot, suponiendo que no fuese todo humo. En Cuba, las voces se levantaban airadas contra Castro, que estaba reprimiendo con contundencia "semejantes invenciones de los enemigos capitalistas".

Según el informe filtrado a los medios, el cuerpo del Che, embalsamado, se escondía tras un muro falso del panteón y fue ocultado allí por el propio Granado en octubre de 1976, tras su asesinato, dos años antes de su propia muerte, muy sospechosa. La policía de Buenos Aires volvería a reabrir la investigación sobre Alberto Granado y su esposa. Sus cuerpos sin vida se encontraron en octubre de 1978 sobre sendas mesas de examen de la morgue de la que el mismo Alberto era forense. El caso fue calificado como "asesinato-suicidio" por envenenamiento. Alberto Granado había envenenado a su esposa y luego se suicidó. Carpetazo a un tema que a nadie le interesaba revolver.

—¡Vaya *Wiki Wiki, Che* que hemos montado! —le comentó Teo, nada más abrirle la puerta.

—De pinga.

—¿Qué tal la cena con tu tabla?

—No es mi tabla. La cena bien.

—¿Estamos mustios?

—¿Por qué? Cerramos el caso con éxito y hemos sacado nuestros buenos pesos.

—Mira que eres duro de pelar, por la viudita.

—La viudita es ya una ex cliente.

Teo dejó de molestar voluntariamente y le ofreció un ron.

La cena con Genoveva resultó sumamente agradable para Nelson, pero, con el proceso cerrado, sus vías de contacto se terminaban. No tenía razón de ser, por mucho que Genoveva le insistió en que la llamase de vez en cuando para charlar y tomar un café. Mejor dejarlo así. No quería hacerse ninguna ilusión y sus mundos estaban tan distantes que era una quimera albergar cualquier esperanza.

Decidieron destruir todas las copias físicas del dossier y cualquier huella en las computadoras y dejar únicamente un pen drive en la caja fuerte del banco de Teo y la versión "neumática" de Nelson. Genoveva solo guardó la carta de amor. En los muchos años de práctica profesional que llevaba, jamás se le había escapado un dato y en ello basaba su prestigio. Su archivo era más seguro que la caja fuerte del banco de Teo y, por supuesto, bastante menos evidente.

El pobre Ernesto Rocamador, alias Ernesto Granado, se merecía descansar en paz, después de pasarse la vida huyendo. Por lo menos los diez últimos años disfrutó con Genoveva, pensaba Nelson. Cualquier referencia a su existencia había sido expurgada de los informes.

La llegada de un desconocido al domicilio de sus padres, en la Navidad de 1967, cuando contaba 14 años de edad, cambiaría el rumbo de su vida para siempre, convirtiendo a un joven de familia acomodada, que soñaba con ser medico como su padre, en prófugo, paria y huérfano.

Ernesto "Che" Guevara, compañero de facultad de medicina de su padre y amigo íntimo, había logrado salir con vida de la encerrona de la selva boliviana el 9 de octubre de 1967 y consiguió llegar hasta allí, tras más de dos meses de huída clandestina.

El Che se alojó con ellos. Alberto le insistió que dejase la revolución para mantener un bajo perfil y le hizo caso. Un año después, el Che desapareció de su domicilio, y todo volvió a la normalidad, o eso pensaba Ernesto, un joven estudiante de medicina interesado en sus estudios y en las jovencitas, hasta que el General Videla dio el golpe de estado en 1975 y todos los demonios se desataron.

El Che —buscado por cada confín del planeta por la CIA, a la que se le había escapado de debajo de sus narices, y por Castro, que le tenía tantas o más ganas, porque el mártir muerto era mucho mejor que el enemigo vivo para la supervivencia de su revolución— no pudo mantenerse inactivo más tiempo ante la represión del régimen argentino y asomó las orejas organizando cédulas clandestinas. Un año después, el hombre más buscado llegaba a casa de Alberto Granado herido de muerte, tras escapar por los pelos de una encerrona. Alberto no pudo hacer nada por su camarada, a pesar de ser médico.

El destino le indultó la vida por una vez, pero ya no más. Nueve años atrás, en vísperas de su ejecución, encerrado en una miserable cabaña en medio de la selva, vigilado por los militares bolivianos y activos de la CIA, entró la chola de costumbre a ofrecerle su rancho; pero no era la de siempre, era la maestra del pueblo cercano, con las ropas indígenas.

—¿Qué haces aquí? —se sorprendió el Che, que sabía de su militancia marxista, porque había confraternizado con ella el tiempo que anduvo por allí y la indoctrinó sobre la vergüenza de que sus alumnos no tuviesen ni para libros y los mandamases anduviesen en Mercedes.

—¿Confías en mí?

El Che asintió.

—Mañana, frente al fusil, tómate estos polvos cuando te disparen —le dijo Julia Cortez, de 22 años, ofreciéndole un diminuto paquete envuelto en una hoja grisácea.

—¿Para que son?

—Mañana lo sabrás.

—No hay mañana, Julia.

—Tómatelos—le sonrió la maestra, antes de salir.

El Che fue ejecutado al día siguiente, 9 de octubre, por Mario Terán, un sargento alcohólico que recibió la orden directa del presidente de Bolivia René Barrientos, contra el parecer de los Estados Unidos que en todo momento deseaban trasladar al Che a Panamá para interrogarlo a fondo y, posiblemente, utilizarlo contra el régimen castrista.

El 10 de octubre, el Che abría los ojos para contemplar la sonriente cara de Julia Cortez.

—¿A ti también te han matado? —le dijo.

—No. Estás a salvo.

—¿Cómo?

—Los operativos de la CIA decidieron trampear a los bolivianos.

—Entre ladrones anda el juego.

—Cambiaron las balas del borracho por fogueo y me pidieron que te entregase los polvos que hacen parecer muerto por un día al que los toma.

—¿Por qué a ti?

—Supusieron que si te los ofrecían ellos, no los ibas a tomar.

—Supusieron bien.

—Tras tu fusilamiento, sacaron fotos para certificar al gobierno boliviano tu muerte y te enterraron en un lugar secreto, donde la CIA posteriormente te desenterraría.

—¿Pero entonces?

—Los campesinos de la selva no tendremos otra cosa sino oídos. Te desenterramos antes. Ahora debes huir lo más lejos posible. No quiero conocer tu camino —se despidió Julia, desapareciendo tras dejarle ropa para cambiarse y una mochila con agua, algo de comida, medicamentos y una pistola.

—Gracias, camarada —musitó el Che, sin estar seguro de si Julia le oyó.

Muchos años después se enteró por un contacto, porque la muerte de los pobres no aparece en ningún diario, que Julia y otra media docena más de campesinos del pueblo habían aparecido asesinados cerca del río, pocos días después de su huida. Sus cuerpos torturados y mutilados.

—No les entregues mi cadáver —fue la última petición del Che, que murió en brazos de Alberto y bajo la atenta mirada de Ernesto, para entonces en último año de medicina con 23 años.

Padre e hijo trasladaron el cuerpo a la morgue de madrugada, lo embalsamaron y lo reubicaron al panteón familiar en el cementerio de La Recoleta, construyendo una pared falsa para ocultarlo.

Alberto Granado sabía que, después de aquel día, tenía los días contados. Pidió a su esposa que desapareciese con Ernesto; él se quedaba. Su mujer se negó rotundamente, pero convencieron a Ernesto que él era joven, con toda la vida por delante. Prepararon un informe con fotos y documentación, que con los años Ernesto completaría con un detallado diario de los acontecimientos, y lo enviaron con un buen amigo de plena confianza, el forense de la Ciudad de México, Bernardo Leguizamo padre. La versión oficial fue que se había conseguido una beca para terminar medicina en España, donde realizaría la especialización, y para allí se envió a un joven muy bien pagado con su pasaporte. Tras la muerte sospechosa de sus padres y el caos en Argentina, se asumió que había corrido la misma suerte que miles de desaparecidos, víctimas de la dictadura.

Ernesto, ya Rocamador, vivió 10 años en México, donde se mimetizó con la lengua y el acento, estudió veterinaria y decidió meterse en la boca del lobo, Miami, donde menos lo buscarían y donde podía investigar los responsables del asesinato de sus padres, del que se enteró por Bernardo, estando ya en México.

La gusanera de Miami era imposible de descifrar, totalmente infiltrada por los espías cubanos, la CIA y otros servicios secretos y no tan secretos. No podía fiarse de nadie. Y mientras dilucidaba cómo mejor vengar a sus padres antes de que lo localizasen a él, apareció Genoveva con su acento bonaerense. Su vida giró de nuevo 360 grados.

—Vive, hijo, vive —fueron las últimas palabras que escuchó de los labios de su madre cuando lo despidió, sabiendo que nunca más lo volvería a abrazar.

Y decidió vivir.

Diccionario de Nelson

A

A dos velas. No tener dinero, no saber nada.

A la montonera. En desorden.

A la virulé. Algo que está mal, defectuoso.

A patín. A pie, andando, caminando.

A punto de caramelo. Casi listo.

A bombo y platillo. Anunciar algo para que se entere todo el mundo.

A toro pasado. Todo el mundo es muy valiente cuando ya el toro pasó. O dice que algo es fácil cuando ya le dijeron la solución.

Abelardito. Uno que estudiaba mucho.

Abur. Adiós, despedida.

Acarameladas. Juntas, románticas.

Achichincle agachón. Ayudante servil.

Adoquín. Duro de cabeza.

Afufarse. Desaparecer.

Al buen Tun Tun. Sin orden, desorganizado.

Amarreko. Sistema de cuenta en el juego del mus. Cinco tantos equivalen a un amarreko.

Amarreta. Avaricioso.

Ambientoso. Bravucón, provocador.

Andoba. Amigo, compañero.

Aplén. Mucho, abundante.

Arramplar. Llevarse con abundancia.

Arreguindar. Agarrar algo al vuelo cuando se cae.

Arroz con suerte. Como en Cuba se come poco y mayormente arroz, cuando hay un trozo de carne entre el arroz, se le llama así.

Astilla. Dinero.

Azotea. Cabeza.

Azulejo. Policía de azul.

B

Bacán. Bueno, estupendo.

Bajarse los pantalones. Humillarse.

Bajar muela. Conversador que convence con sus palabras.

Bandera. Aplicado a una mujer, que es muy bella.

Baranda. Jefe.

Barretín. Problema, complicación.

Bejuco. Teléfono.

Bembona. Mujer de labios gruesos, sensual.

Berraco. Cerdo. Persona bruta.

Berreado. Enfadado.

Bisnes. Negocio.

Bodorrio. Boda poco elegante.

Bofe. Pesado, indeseable.

Bofia. Policía.

Bollo. Órgano sexual femenino.

Boluda. En Argentina, pesada, idiota.

Bombón. Una mujer muy bella.

Boom-Boom. Noticia importante, noticia bomba.

Borde. Pesado, maleducado.

Botao. Que no sabe nada, que no entiende.

Botepronto. De repente, súbitamente.

Brincar. Saltar o hacer el amor.

Broder. Hermano, amigo, compañero.

Bujarrón. Maricón.

Burra. Autobús.

Burumba. Negocio.

Butí. Gordo, obeso.

C

Cachimbo. Pistola, revólver.

Cachonda. Mujer a la que le gusta y disfruta del sexo.

Cafres. Bestias, animales, brutos.

Calaña. Malo, delincuente.

Calotes. Forzudos.

Campanas. Vigilantes, espías.

Candado. Combinación de bigote y perilla.

Caput. Muerto.

Cara de cartón. Que no mueve ni un músculo de la cara.

Caracol. Casa, hogar.

Caramelito. Mujer bella.

Careto. Cara, generalmente mala. Cara de enfado.

Carne de res. Ternera, carne de vaca muy apreciada y de lujo en Cuba por su escasez.

Carta blanca. Que uno puede hacer lo que quiera, libertad.

Cascándosela. Masturbándose.

Caso de cuernos. Caso en el que la esposa o el marido se acuestan con otro-otra.

Catalejos. Espías, vigilantes.

Catapún Chis Pun. Se acabó, como el último sonido de las bandas de música.

Catre. Cama.

Cayó a palos. Le dieron una paliza, le golpearon duro.

Celular. Móvil en España.

Chambas. Negocios no muy claros.

Charolas. Identificación de los policías mexicanos.

Chavacán. Hortera, de poco gusto, que viste mal.

Chicarrón. Chico fuerte, musculoso.

Chilangos. Naturales del Distrito Federal de México.

Chingando. Jodiendo en todas sus acepciones, la de molestar y la de hacer el amor.

Chirona. Cárcel.

Chola rascuache, bajada de la sierra a tamborzazos. Indígena muy pobre y analfabeta.

Chorradas. Tonterías, estupideces, sandeces.

Chusco. Bromista. A veces significa que una cosa o negocio no anda bien.

Coco. Cabeza.

Codo con codo. Trabajar juntos, en un mismo asunto, compenetrados.

Colgó los tenis. Murió, falleció.

Compay. Compañero, amigo, compadre.

Conocía muy bien el percal. Conocía a fondo el asunto.

Coopero con más feria. Pago más. Ofrezco más dinero.

Cornudos. Al que su mujer se le va con otro.

Coser y cantar. Muy fácil, sencillo de hacer.

Cotizó el resto de la tarifa. Pagó lo que debía.

Cri Cri. Grillo. Mujer flaca, con poca gracia.

Currela. Trabajador.

Cutre. Viejo, ajado, desordenado.

D

Daba por fly. No le importaba.

Dándose caña. Cansándose.

Dar el pego. Engañar, pasar por lo que no se es.

Darle betún. Dar coba. Adular.

Dar chucho. Molestar.

Dar cuero. Molestar.

Dar lija. Tranquilizarse.

De balde. Gratuitamente.

De cabo a rabo. De principio a fin.

De ciento a viento. Ocasionalmente, infrecuentemente.

De pinga. Muy bueno, estupendo, fabuloso.

De poca monta. Irrelevante, de escasa importancia.

De tapadillo. A escondidas, con engaño.

Deja la vaina. Deja de molestar.

Delantera. Los pechos de una señora.

Despelote. Fiesta desorganizada.

Destarraba. Morirse de risa.

Dichabado. Lo dicho.

Doña. Mujer.

Dos Reyes, un Caballo y una Sota. Cartas de la baraja española.

Dueñas. Mujeres.

E

Echar papa. Comer. Traer la comida a casa para la familia.

Echar tierra. Tapar, ocultar.

El jale se alarga. El trabajo se alarga.

El menda. Yo mismo.

Embales. Acelerarse, actuar sin pensar.

Embetunar. Dar coba. Adular.

Embollado. Perdido por una mujer.

Empachao. Tipo con autoridad que no perdona una. Chulo indecente.

Empalmado. Con una erección.

Emplumarte. Pasarte algo, negocio o deber no muy agradable.

En capilla. Listo, preparado unas pocas horas antes de que empiece el trabajo.

En menos que canta un gallo. Enseguida, rápido.

Enchufar. Darle trabajo a alguien por ser amigo, no por sus méritos.

Entregar el carnet. Morir.

Escopeteado. Muy rápido.

Escuadra. Pistola, revolver.

Ese no es tu maletín. Ese no es tu asunto.

Espichar. Morir.

Esquinazo. Evadirse.

Estaba en un tris. Casi, casi, a punto de hacer una cosa.

Estirar la pata. Morir.

F

Faca. Navaja.

Fetecón. Gran fiesta.

Fetén. Estupendo.

Fiambre. Cadáver, muerto.

Fígaro. Barbero.

Filero. Navaja.

Follón. Lío, barullo.

Fono. Teléfono.

Fua. Rápidamente.

Fusca. Pistola.

Futete. Malo, de mala calidad. Situación peligrosa o complicada.

G

Galán. Muy bien, estupendo.

Gao. Casa, hogar.

Gato por liebre, dar. Engañar.

Gomas. Neumáticos.

Grillo. Aplicado a una mujer, fea, flaca, poco atractiva.

Guanche. Nativos originales de las islas Canarias.

Guano. Dinero.

Guarura. Policías.

Guayaba. Órgano sexual femenino, como bollo.

Gusanera. Calificativo despectivo de los castristas contra la comunidad cubana en Miami.

Gustirrinín. Mucho gusto, placer.

H

Hecho unos zorros. En mal estado, destrozado.

Hincando los codos. Estudiar duro.

Huatacas. Orejas.

J

Jorobao. Jodido, difícil, complicado.

L

La mona. Borrachera.

La pasma. La policía.

Lamerles las botas. Dar coba, ser excesivamente servil.

Largar. Hablar mucho.

La legal. La esposa.

Lengua Sabiniana. El vasco o Euskera, lengua del País Vasco.

Levantar la liebre. Destapar un asunto secreto.

Llevar la mano. En el juego del mus, a igualdad de cartas, el que lleva la mano (el que barajó) es el que gana.

Los figura. Los que se creen importantes.

Los gallinas. Cobardes.

Los manta. Muy malos en lo que hacen.

Los pelos de punta. Miedo.
Lubricación. Dar coba. Adular.

M

Macizo. Musculado, hombre bello.
Maco. Cárcel.
Maderos. Policías.
Mandamás. El jefe.
Mangón. Mujer madurita, muy bella, muy atractiva.
Manguito. Mujer joven muy bella, muy atractiva.
Mango. Mujer de cualquier edad muy bella y atractiva.
Mantenía como un pincel. Se mantenía delgado y ágil.
Máquina. Automóvil.
Mariposones. Maricones.
Masajeen el ego. Dar coba. Adular.
Mastuerzo. Bruto. Grosero.
Matasanos. Médico, doctor.
Me abro. Me voy, salgo.
Medio morena. Mulata, con mezcla de sangre negra.
Michelín. Grasa en la cintura y el abdomen.
Mirahuecos. Espías.
Mojar. Hacer el amor.
Mollera. Cabeza.
Momias. Muy viejos.
Mordida. Soborno.
Morrosko. Cabezota.
Mosquees. No te enfades.
Mueleros. Que hablan mucho tratando de convencerte de algo. Palabreros.
Mui. Boca.
Mus. Juego de cartas español.
Mutis por el foro. Irse en silencio.

N

Nadar y guardar la ropa. Saber salir con bien en una situación complicada.

Nave. Automóvil.

No dar el cante. Intentar pasar desapercibido.

No jalarse una rosca. No enterarse de nada. No hacer negocios.

No me prueban los gallos tapaos. No me gusta la falsedad.

Nombrete. Alias, mote.

O

Obnubilé. Obnubilado. Totalmente prendado.

Oki Doki. De acuerdo.

Órdago. Jugada fuerte del mus.

Orejas soplillo. Orejas protuberantes.

P

Pagaba un corte por cada referido. Pagaba una comisión por cada cliente que le mandaban.

Pan comido. Muy fácil, sencillo.

Papeles. Dinero.

Parca. La muerte.

Pasta. Dinero.

Pastilla de pinga. Estupendo, cojonudo.

Patena. Muy bueno, de calidad.

Patón. Torpe.

Pega. Trabajo, negocio.

Pejes gordos. Los que mandan.

Peliaguda. Complicada, difícil.

Pelota. Uno que da coba.

Perico. Droga.

Perol. Automóvil.

Pesos. Los cubanos de Miami llaman peso al dólar.

Pestañazo. Siesta.

Pestillo. Mujer muy flaca y poco atractiva.

Petado. Apresurado, tener prisa.

Petao. Apresurado, tener prisa.

Picapleitos. Abogado.

Pila. Montón, mucho.

Pinchado. Muerto.

Pinches pendejos hijos de la chingada. Gran insulto mexicano equivalente a "ese jodido hijo de la gran puta".

Pinga. Pene.

Pintamonas. Pintor mediocre.

Piquete. Mucha gente, grupo.

Piripintado. Estupendo, muy bien, muy arreglado, bien compuesto.

Piro. Irse.

Placa. Matrícula del automóvil.

Pluma. Uno que "tiene pluma" es maricón al que se le nota mucho en los gestos.

Policarpios. Policías.

Polla. Pene.

Pollo. Mujer bonita.

Pongas cheche. No te enfades.

Ponte a pinchar. Ponte a trabajar.

Por barba. Por cabeza, por cada uno.

Por si las moscas. Por si acaso.

Pringaos. En problemas.

Pulguero. Cama.

Q

Quemando tenis. Corriendo, andando rápido.

R

Randa. Ladronzuelo de poca monta.

Rechiflaban. No le importaban.

Repelús. Asco.

Requetematada. Muy cansada, agotada.

Revolcón. Hacer el amor.

Rollo. Charla aburrida.

S

Saldo y aire. Terminar e irse, dejar un asunto.

Santas Pascuas. The End.

Santiamén. Rápido.

Se apendejan. Se acobardan.

Se lo cepilla. Lo mata, lo hunde, le gana en el juego o negocio. En España también tiene connotaciones sexuales según el contexto.

Se me para. Erección.

Sesera. Cabeza.

Sonotone. Aparato para que los sordos puedan oír.

Soplao. Loco, ido.

Subir como la espuma. Ascender muy rápido.

T

Tabla. Novia.

Tachuela. Pequeña y tirando a gorda.

Tanque. Cárcel.

Tantos. Sistema de contar en el juego del mus.

Tarrero. Cornudo.

Tarugo. Bruto, tosco.

Tecos. Policías.

Templar. Hacer el amor.

Terminó como el Rosario de la Aurora. Terminó muy mal.

Ternilla. Mujer poco atractiva, como sin madurar, con poca gracia y sabor.

Terno. Traje de pantalón y americana.

Tetona. Mujer de pechos grandes.

Timbre. Teléfono.

Tinglado. Montaje, negocio.

Tío Sam. IRS, Hacienda. El que cobra los impuestos.

Tita. Mujer muy atractiva.

Tomó cartas. Se hizo responsable.

Tornillo. Mujer poco atractiva.

Trancado. Parado, embotellamiento.

Transportation. Automóvil.

Trasero. Culo.

Trompetas. Espías. Chivatos. Soplones.

Tronaban. Hacer mucho ruido. A veces también despedir, echar de un lugar. Expulsar.

Tronco de cuero. Mujer u hombre muy bello.
Trullo. Cárcel.
Tumba catao y pon quinqué. Deja eso y dedícate a otra cosa.
Tumbar. En general, hacer el amor.
Tutiplé. Mucho, abundante.

U

Un brazo de mar. Elegante.
Un pronto. De repente.
Un tronco de jeva. Mujer muy bella y atractiva.
Uña y carne. Muy unidos.

V

Veleta. Espía.
Verga. Pene.
Versolari. En el País Vasco, el que recita versos.
Viento en popa. Situación favorable.
Volando bajito. Irse discretamente.

Y

Yuntas. Parejas.

Z

Zurrar la badana. Golpear, pegar. Dar una paliza.

Receta del Mojito Nipón

Ingredientes:
Ron añejo
Jugo de pera
Sirope de miel
Jugo de yuzu
Rodaja de naranja

En una coctelera con hielo picado colocamos
5,6 centilitros (dos onzas) de ron añejo, lo mismo
de jugo de pera, 2,8 centilitros (una onza) de
sirope de miel, 1,4 centilitros (media onza) de jugo
de yuzu y agitamos. Servimos en copa de cóctel
y adornamos con una rodajita de naranja.